JA

ヘンたて

幹館《みきだて》大学ヘンな建物研究会

青柳碧人

ja

早川書房

7032

目次

ヘンたて

幹《みき》館《だて》大学
ヘンな建物研究会

登場人物紹介

イラスト／pomodorosa（ろさ）

中川亜可美（なかがわ・あかみ）1年生

伊倉星加（いくら・せいか）1年生

鈴木善文（すずき・よしふみ）1年生

鯵村弘志（あじむら・ひろし）3年生、唯一の他大生

上梨田誠士郎（あがりた・せいしろう）4年生（7年次）

縁側沙羅（えんがわ・さら）2年生

左門玲助（さもん・れいすけ）3年生

ヘンたて

幹館《みきだて》大学ヘンな建物研究会

プロローグ　「ローマの平日」にて

居酒屋ってこんなところなのだろうか。いや、違うと思う。

ここ数日、他のサークルの新入生歓迎会で連れて行かれた居酒屋っていうところは、普通のレストランのようにテーブルと椅子があるか、広い座敷があって、店員さんたちがその間を行き交って、ビールやおつまみ、料理を運んでくれていたはずだ。ちょっといいところになると照明が落ち着いていて、テーブルごとについたてやすだれがかかっている。

それが、居酒屋っていうところのイメージ。

だけど、私が今いるこの店は、そんなイメージからだいぶかけ離れている。

まずこの店、椅子もテーブルもない。

あるのは、階段だ。

だだっ広いオープンなスペースには、一段一段の幅が広い緩やかな階段が三十段くらいあって、左右の壁は褐色のレンガ造りの建物を模している。階段を上りきった正面の壁には二つの鐘つき堂と大きな時計をあしらった建物が描かれていて、まるで大掛かりな映画のセットみたいだった。

「ローマの、スペイン階段をモチーフに造られているのよ」

キョロキョロしている私を見て、すぐ下の段に座ってカシスオレンジを飲んでいる先輩が教えてくれた。縁側沙羅《えんがわさら》という名前の、ストレートの黒髪が綺麗な美人の二年生だ。

「そうなんですか」

私はただただ圧倒されている。隣に座っている、私と同じく一年生の伊倉星加《いくらせいか》さんは、なんだかもう慣れてきたようだった。ところどころに青いメッシュの入ったボブカット。岐阜出身だっていうけれど、東京出身の私よりもだいぶ垢抜けている感じがする。

料理もすべて、座っている階段に無造作に置かれているものだから、縁側先輩の段に置いてあるフライドポテトを食べようと思ったら、手を伸ばすか、縁側先輩に頼んで取ってもらうしかない。私は迷った挙げ句、

「フライドポテト、もらっていいですか?」

と尋ねた。先輩はにっこり笑い、私たちにフライドポテトの皿を回してくれた。伊倉さんも手を伸ばす。一年生二人、先輩二人のつつましやかな歓迎会。

それにしても不思議な店だ。ついたてがないから、それぞれのグループの境がない。各

グループはなんとなく階段のそこかしこに固まって、ビールジョッキやカクテルグラスを傾けながら談笑している。スーツ姿の会社員らしき人たちや、おそろいのサッカーチームのユニフォーム姿の一団、それにOL風お姉さんたちの集団。ざっと三十グループはいるかな。

店員さんもその合間を上り下りしながら注文の品を運び、空の食器を下げ、そして階段を降りたスペースの、イタリアっぽい彫刻が施してあるバーカウンターのようなところへ戻っていく。料理や飲み物はあそこで作られているようだ。

「この店はもともと、アイスクリーム屋だったそうなんだ」

およそこの雰囲気に似つかわしくない、ホウレンソウのおひたしとおぼろ豆腐のお皿を挟んで、向こうに座っている左門《さもん》という男の先輩が、ビールジョッキを膝に載せたまま言った。目下のところ、この「ヘンたて」というサークルの幹事長である。

「左門先輩、『アイスクリーム』じゃなくて、『ジェラート』ですよ」

一段下から、縁側先輩が訂正する。

「あっそうそう。ジェラートだ」

左門先輩は、だらりと伸ばしている髪の毛を、ビールジョッキを持っていないほうの手ですっとすくい上げながら笑う。

ジョン・レノンを意識して伸ばしているんだ、と彼に言われた三日前の喫茶店の光景を、私は思い出していた。

この左門先輩、ジョン・レノンには外見だけ憧れていて、その音楽も、それどころかビートルズについても、何も知らないし興味はないらしい。

彼が興味あるのは「トマソン」だけ。

本当にこのサークル、ヘンだ。

★

私、中川亜可美《なかがわあかみ》は十八歳。

先月、東京都立の高校を卒業して、私立幹館《みきだて》大学の国際教養学部に入学した。本来はもうワンランク上の大学を狙っていたから浪人も考えたのだけれど、「あんたはぼーっとしているから、浪人なんてしたら、絶対そのまま人生踏み外す！」という母親のキツイ一言に押され、もともとたいした目標もないし、とりあえずこの大学に通うことにした。

桜が満開の四月一日、入学式を終えて講堂を出ると、わんさか立ち並んでいたのは各サークルの勧誘たち。「合唱、興味ないですかー？」「やっぱテニスっしょ、テニス」「ねえ君、社交ダンス始めてみない？」「一緒に甘い物食べに行こうよ」「人生に必要な知恵はすべて、『歎異抄』に書いてある」「ベサメ・ムーチョ、コモエスタ！」「後生だから、

『酢豆腐』だけでも聞いてってあげてよん」わらわらと群がってチラシを渡そうとするサークルの人ごみに流されて、私はようやくキャンパスから出た。手には無理やり渡された大量のチラシ。

「サークルなくして大学生活なしだよっ！」

これは、五つ上の従姉の澄香《すみか》ちゃんから耳にタコができるほど聞かされてきた言葉だ。授業の登録方法や、どの教官の授業が楽勝（単位をもらえやすい）か、試験はどんな形式かなどの大学生活の情報のほか、キャンパス周辺の美味しい食堂やオシャレなお店、各種イベントの情報、三年になれば就職の情報も入ってきて、ひょっとしたらコネもあるかもしれないしお得なことだらけだし、だけどそれより大事なのは、人生で（たぶん）一度しかない大学生活を共に過ごすかけがえのない仲間を得られることだよ！……澄香ちゃんは自分自身の言葉に何度もうなずきながらそう語っていた。現に澄香ちゃんは某インカレテニスサークルにて学生生活を百二十パーセントエンジョイ、おまけにそこでゲットした彼氏さんと、OLになった現在でも同棲中だ。

私は澄香ちゃんみたいに華やかな感じじゃないし、彼氏にこだわるわけじゃない（高校時代には一か月だけ付き合った相手が一人いたけれど、微妙な別れ方をしたから、恋愛にはちょっと臆病気味）。それでも漠然とサークルには憧れていた。何をしたいというわけでもないけれど、そういうの、サークルに入ってから探してもいいんじゃない？……なんて、甘いことを考えていた。

　四月二日。初めて行ってみたのは、王道中の王道、テニスサークルの説明会。百人は優に超えているだろうという新入生が集められていて、演台の上でしゃべっているのはいかにもカリスマって感じの、茶髪の細マッチョのポロシャツ姿の幹事長で、「普段は練習して飲み会だけど、新歓・夏・スキー・春と年に四回合宿もあるし、七月には隅田川の花火大会、秋には文化祭で模擬店も出したり、有志でバンドもやったりとにかく盛りだくさん！」って大仰なガッツポーズの前に圧倒されてしまった。流れで飲み会に参加したけど、「コール」っていうやつがものすごくって、百人以上のサークル員が手を叩いて大合唱。さっきの幹事長はビール瓶を一気飲みしてみんなを煽り、イキがって彼に挑戦しようとした新入生男子を次々と潰していった。私の隣に座っていた同じく新入生の女の子は「幹事長、ステキ」なんて目がハートになっていたのだけれど、私の出した結論はこうだ。……テニスサークル《テニサー》はナシ。ワイワイ騒ぐのは嫌いじゃないけど、ここまで大騒ぎはちょっと、っていう感じ。

　四月三日。やっぱり大学生にもなったんだから少しは知的な感じのがいいよねと思って、天文学研究会なるサークルのラウンジに行ってみた。星を愛するロマンチックな人たちが集まっているに違いない……と思ったのはてんで期待外れで、薄汚いソファーを勧められたかと思うと、八人くらいの男の先輩たち（なぜか全員そろって紺のブレザーを着ていた)が入れ代わり立ち代わり、ビッグバンについて懇切丁寧に教えてくれた。「一般的にはジョージ・ガモフのアイデアと言われているけど、ジョルジュ・ルメートルの功績は計り知れないよね」だって。知らないよそんな人。……天文学もナシ。

四月四日。コーヒー研究会。コーヒーサイフォンの営みを何十分も無言で眺め続ける男女七人。そのあと苦いコーヒーを十杯も飲まされ、「カフェイン、カフェイン、君もイン!」……ここもナシ。

四月五日。映画研究会。こぢんまりとしていて第一印象はよかったものの、飲み会で酒が入るなり、任侠映画好きの三年生の男の先輩二人が深作欣二論を巡ってリアル仁義なき戦いを始め、それまで穏やかだった四年生の姉御肌の先輩が「あんたら、ええかげんにしいや!」と一喝するショッキングな展開。……ここもナシ。

四月六日。クイズ研究会。「君、歴代ゴンクール賞受賞作、いくつ知ってる?」……絶対、ナシ!

そんなこんなで十日が過ぎ、いろんなサークルを見て回ったものの、やっぱりどこもしっくりこない。生協で教科書を買い揃え、桜が半分も散った道をとぼとぼと歩きながら、ため息。結局、やりたいことで選ばなきゃダメなんだろうか。でも、私のやりたいことって、一体何なんだろう。

考えてみれば、高校時代は部活もやっていなかった。友達はみんな他の大学に行って、メールをしてみたらそれぞれのキャンパスライフを始めているようだ。特に獣医を目指して北海道に行った尚美《なおみ》なんかはすでに、毎日が新発見の連続で充実してるらしい。

それに引きかえ私は。この先の四年間、どう過ごすんだろう……。やりたいこと、大切なことなんて、見つけられるの？

疲れた精神を癒やすために、キャンパスを出て通りを歩き、手近な喫茶店に入った。木目調の落ち着いた店内。混んでいるのは、一瞬でわかった。

「お客様、あいにく混みあっておりまして、ご相席でもよろしいでしょうか？」

「いいです」

いいです帰ります、という意味だったけれど、ウェイトレスの彼女には伝わらなかった。

「ではこちらへどうぞ」

言い直そうかと思ったけれど、忙しいなか通そうとしてくれたわけだし、悪いのでついていった。少し大きめのテーブルで、擦れた水色チェックのシャツを着た長髪の男性が、オレンジジュースを脇に追いやり、写真を広げていた。その彼の正面に通された。

アイスミルクティーを注文し、水をすすりながらほっと一息。

気分が落ち着いてきたら、向かいの彼の見ている写真が気になってきた。悪いと思いながら、盗み見てしまう。

――不思議なものが写っていた。なんだろう、これ？

ただの黄土色の壁に見える。一体、何のためにこの写真を撮影したの？

「トマソンっていうんだ」

のどの震えが伝わってくるような、それでいて妙に落ち着く声。ハッとして見ると、向かいの男性が丸メガネの向こうから私のことを見ていた。

「あっ、すみません」

私は慌てて目を逸らす。

「いや、いいんだ。その……興味があるのかと思ったものだから」

なんだかいい人そうだ。

「こちらこそ、突然話しかけて申し訳ない」

テーブルの上の写真を恥ずかしそうに回収し始めている彼に向かって、「あの」と声をかけた。彼の手が止まる。

「それ、なんですか？　ただの壁みたいに見えますけど」

彼は私の顔を見つめると、心なしか嬉しそうに、回収しかけたその一枚を見せてくれた。

「よく見てごらん、どこかおかしいところはないか」

差し出された写真を、じっと見る。そして、彼の言う意味がわかった。

「あれ？　この庇《ひさし》、何の意味があるんですか？」

黄土色に塗られた壁。そこに、庇がついている。庇っていうのはもちろん、風雨や日光から窓を守るためのものだから、その下に窓がなきゃいけないはず。だけど、その下はのっぺりとした壁。窓がないのに庇だけあるのだ。

「何の意味もない」

丸メガネの彼は言い切った。

「え？」

「おそらく以前は窓があったのだろうけど、何らかの理由で窓が不必要になって塗りつぶされてしまい、庇だけが残ったんじゃないかな。次は、この写真」

「うわっ」

今度はすぐにその不自然さを見つけられた。普通の民家の塀の前に電柱が立っている。その電柱に向かって、コンクリート製の小さな階段が三段ほど据え付けられていた。

「何ですか、この階段？」

「わからない。だけど、実用性はないよね、どう考えても」

電柱に向かって、たった三段、意味のない階段。

「かわいい」

なぜかそんな言葉を口走っていた。丸メガネの彼は少し驚いたようだった。そして、嬉しそうな表情を浮かべると、三枚目の写真を差し出してきた。私は笑ってしまった。

民家と民家の間の敷地。かつてそこにも家が建てられていたのだろうけれど、土が剝きだしの更地になっている。木材一本、鉄骨一つ残されていなくて、塀も全部撤去されているのに、なぜか、門の鉄扉だけが残されていた。この扉がなくたって、脇から敷地に入れるのに。というか、入っても何にもないのだけれど。

「面白いですね。だけど、どこでもドアみたい」

「そうだね。だけど、どこにも行けない。主《あるじ》を失った、この土の空間があるだけだ」

「なるほど。そう考えると、ちょっと切ないかも」

「街中《まちなか》に溢れている、意味を失ったのに保存されている建造物……見る人によっては『超芸術』っていう評価をする人もいるけれど、とにかくこういうのを、『トマソン』っていうんだ」

「とまそん」

なんだかかわいい。そして私はこの長髪丸メガネの不思議な男の人と、自然に話していた。

「失礼します、アイスミルクティーです」

ウェイトレスさんが運んできた。私は妙に恥ずかしくなって、あっ、と言って頭を下げる。ストローを口にくわえて一口飲んで、しばらく沈黙。

「君、幹大《みきだい》かな？」

男の人は話しかけてきた。幹大というのは「幹館大学」、つまり、私が入学した大学の略称だ。

「あ、はい」

「新入生？」

「そうです。あの、国際教養学部です」

「そう、俺は法学部」

「あ、先輩ですか」

「サークルは、決めた？」

一瞬迷ったけど、「まだです」とだけ答えた。

「よかったらだけど……」

これが、私と左門玲助《さもんれいすけ》というこの先輩との出会いだった。

★

「オードリー・ヘップバーン主演の「ローマの休日」っていう映画は知っているだろ？」

私はピンとこなかったけれど、さっき知り合った同じ一年生の伊倉さんが、「なんとなく、知ってます！」と元気よく答えた。

「あの映画の中に、アン女王がスペイン階段でジェラートを食べるシーンがあるんだ。そのシーンをモチーフに造られた店なんだ」

「そういえば、そんなシーン、あったかも」

お店の名前も「Roman Weekday」だった。「ローマの平日」。シャレてる……のかな？

「それにしても、変なお店ですよね。階段だけがこんなに並んでいるなんて」

「そう。それが、俺たちのサークルにばっちり合うと、思わない？」

左門先輩は枝豆を口にくわえながら満足そう。

彼が幹事長を務めているこのサークルは、「幹館大学ヘンな建物研究会」（通称「ヘンたて」）という名前で、名前通り変な建物を見て回る活動をしているのだという。会って間もないけれど、このジョン・レノン然とした変わった先輩にはぴったりだと思う。

不思議なのは、一段下でカシスオレンジを優雅に傾けている縁側先輩だ。伊倉さんの高校の先輩らしいのだけれど、こんなに綺麗な、「大人の女性」って感じの彼女が、どうしてこのサークルに参加しているんだろう。

「先輩、あのドア、なんですか？」

伊倉さんが、階段のふもとの一角を指差す。その壁には、白いドアがあり、なぜかギターがへばりついていた。

「あのギター、壊れてますよね。どう見ても」

伊倉さんの言うように、たしかにその木製のクラシックギターは、ボディが破壊され、ネックも曲がって弦も切れ、使い物にならない粗大ごみに見えた。

「ああ、あれは……」

と、左門先輩は説明口調になったけれど、ははっと笑い、

「何だと思う？」

質問で返された。

「トイレ、ですか？」

「トイレは向こうにあるわ」

縁側先輩が別方向を指差すと、たしかにトイレの男女のマークが天井から吊り下げられ、

「←」と矢印があった。

「何だと思う、中川さん？」

伊倉さんは私に助けを求めるように顔を覗き込んできた。かなり、お化粧がうまい。

「さあ……左門先輩、あの壊れたギターにも意味があるんですか？」

「ああ、もちろん」

壊れたギターのへばりついているドア。見当もつかない。

実際、私と伊倉さんにとって、事実上この壊れたギターのドアの問題が、一番初めの「ヘンな建物」に関する謎だったのだけれど、その答えにたどり着くのには、ずいぶん日数がかかってしまうことになった。

というのも、その時突然、周りの席の客たちがざわめき出したからだ。

なになに、と思って彼らの注目している先を見ると、下のフロアをスクーターのような乗り物がうろちょろしているのが見えた。ええっ？　店内なのに。

「ベスパ！」

隣の団体客の誰かが叫ぶ。

「おおお、『ローマの休日』だ！」

別の誰かが叫ぶ。

だらりと伸ばしただらしない茶髪の上に、小さなヘルメットをちょこんと乗っけている、半袖・ハーパン・クロックス姿の彼はスクーターを止めると、騒然としている客たちを片っ端から眺め回しはじめた。店員たちもみんな口をあんぐりさせたままだ。なにしろ、店内に突然スクーターで乗り込んできたのだから。なんなんだろう、この変な人。

「おおっ、左門！」

なんで左門先輩の名前を呼ぶの？　と思っていると、彼はひょこっひょこっと階段を上がって、こっちへやってきた。

「やっぽ」

右手を上げる。何、この軽いノリ。っていうか、なに、このチャラい感じ。

「ちょっと、上梨田《あがりた》先輩。何やってるんですか！」

「せ、先輩!?」

私は思わず聞き返してしまった。

「ベスパだよ左門。お前、『ローマの休日』知らねえの？　トマソンばっか見てんじゃねえぞこの野郎」

彼はそのまま、私たちのほうを見る。

「おお、君ら、一年生？　やっぽ」

何このあいさつ？　伊倉さんも隣で引いている。

「上梨田先輩」

縁側先輩がクールに割り込んだ。

「ビールでいいですか？」

「おおっ、沙羅。サンキューな」

――この、上梨田誠士郎《あがりたせいしろう》というまだら茶髪の色黒の先輩が、留年を三回もした挙げ句、目下のところ卒業の目途すら立っていない七年目の大学生であるという事実を飲み込むのに、私はかなりの時間を要した。

なお彼は、「ヘンたて」の創設者の一人でもあるらしかった。

第一話「扉が十二枚ある離れ・密室カステラ食い散らかし事件」

1．上湯館《じょうとうかん》、離れ

湯気にかすむ深い山々のあちこちには、冬の忘れ物のように雪が溶け残っている。素肌をなでていく、春の風。鼻をくすぐる、硫黄の香り。

「ぜいたくーっ」

星加はすでに掛け湯を済ませて湯船に浸かっている。両手を天に掲げ、体も露わに。

私はそこまで開放的になれなくて、胸のあたりを隠しながら湯船の隅っこに足を入れ、そのまま体を沈めていった。熱いお風呂は昔から苦手だ。だけどここのお湯はそんなに熱く感じず、それでいて体の芯からあったまる感じ。私もこういう情緒がわかるようになったのだろうか。十八歳、春。

「初めは合宿ってちょっと心配だったけど、来てよかった。ねー、そう思わない?」

「うん」

広い露天風呂を二人占め。まだ一般のお客さんが利用できない午後二時だけど、私たちは上梨田先輩の妹さんである中居頭の江美《えみ》さんの口利きで、特別に入れてもらっていた。

「私、家族旅行以外で温泉に来るの、初めて。亜可美は?」

「私も」

私と星加は顔を見合わせ、うなずきあう。彼女とはあの「ローマの平日」の次の日以来、ランチを一緒にしたりしてだいぶ仲良くなってきた。青メッシュの入ったボブカット。サバサバしているけれど、話してみたら、けっこういい性格だった。

彼女は岐阜の名門私立女子高の出身。卒業生のほとんどは大阪か名古屋の大学に進学するらしいのだけど、どうしても東京に出たかった星加は身の程にあったレベルの東京の私立四年制を探し、幹館大学文学部に進学した。

高校時代はバンドでギターを弾いていたけれど、高校卒業をきっかけに解散し、初めは大学でも軽音をやろうとなんとなく思っていた。だけど、幹館大学の軽音サークルはフォークかハードロックの二極端しかなく、星加の憧れるオシャレなガールズポップはできそうにない。どうしよう、とキャンパスをとぼとぼ歩いていた時に、知っている顔とすれ違った。

縁側沙羅先輩だ。

縁側先輩は星加が高校一年生の頃、同じ高校の三年生だった。そのファッションモデルのようなすらっとした体型と、目を瞠《みは》るほどの目鼻立ちの美しさ、さらに同学年の女子たちとつるまない孤高の姿勢と、何人もの男に告白されているがすべて振っているという伝説から、学校では知らない者はいないほどの有名人だった。高校卒業後は名古屋の大学に進学したと聞いていたから、まさか東京の幹館大学にいるはずない！　と声をかけたら本人だった。

名古屋の大学は半年で中退して勉強し直し、なぜかワンランク落ちる幹館大学に進学したのだと告げた彼女は、そのままサークルの飲み会に誘ってきた。それが、あの「ローマの平日」で、そこで私は星加と出会ったというわけだ。

「ねえ亜可美、高校時代の縁側先輩の噂話で、いっこ、話してないことがあったんだけど」

湯気の向こうから、星加が話しかけてきた。

「え、なに、なに？」

「知りたい？」

「知りたいよ、教えて」

「えー、どうしよっかなー」

なんてワイワイやっていたら、内湯と露天風呂の間の引き戸が開いた。見ると、そこには話題の縁側先輩が立っていた。

湯気でいい感じに隠れた、スレンダーな体。長い黒髪だけ、鮮明に見える。

「私も、入れてね」

「は、はい」

私はドキドキしながら、縁側先輩のためのスペースを空ける。岩でできたヘリに手を突き、桶を入れて掛け湯をする縁側先輩。きめ細かい肌にお湯が弾かれるようだ。そのボディライン。自分の微妙にたるんだ腹部が情けなくて、お湯の中なのに隠したくなる。

やがて、先輩は右足をお湯に入れた。そしてゆっくり、湯船に……。

「うわっ！」

突然、水しぶきが上がった。激しい音をたてて、縁側先輩は顔からお湯に沈んでいった。

「せ、先輩、大丈夫ですか」

びしょ濡れになってしまった長い髪の毛を梳《す》きながら、すでに肩まで浸かった縁側先輩はうなずいている。何事もなかったかのように口を結んでいるけれど、深さを見誤ってしまったようだった。

——この数日間、ヘンたてに出入りして一つわかったことがある。縁側沙羅先輩、外見も雰囲気も言動もクールでカッコいいのだけれど、極端に運動神経が悪いのだ。

私と星加が「新入生歓迎合宿」という名目で、四月最後の週末に、福島県の七雪《ななゆき》温泉というわゆる「奥座敷」的な地の高級温泉旅館に、破格の値段で泊めてもらえることになったのは、こんないきさつからだ。

正式名称「ヘンな建物研究会」というこのサークルは、その名に恥じず、ヘンな建物を見て回るのが活動内容。とは言っても「ヘン」の定義が微妙だ。ちょっとヘンなものから、だいぶヘンなものまで……と、このサークルを六年前に創設した上梨田誠士郎先輩（あのチャラい、ベスパの先輩だ）は曖昧に説明した。

「ローマの平日」から二日後の木曜、私たちは「活動」に招集された。幹館大学から歩いて行ける範囲にある、左門先輩がお気に入りのトマソンを見て回るツアーに案内され、私が例の喫茶店で見せてもらった「窓のない庇」や、「電柱に向かう三段の階段」を巡った。いつもなら見過ごしてしまいそうな、街中の役に立たないながら残されてしまったものを見て心を寄せるという経験は、今までにない貴重なものだった。何よりもトマソンを前にするといつもは落ち着いた左門先輩がデジタル一眼レフで写真を撮りまくりながら「この影の具合、サイコー」だなんて興奮している姿も微笑ましかった。

そのあと、私と星加は先輩方に回転ずし屋に連れて行ってもらった。「さすらい大漁旗」というチェーン店で、一皿一〇五円だけどけっこうバリエーションもあって、すごく楽しかった。

「ところで、四月最後の土日に新歓合宿を計画してるんだけど、来るよね？」

かっぱ巻きに大量のわさびを載っけて口に放り込むという悪食っぷりを発揮していた上梨田先輩が、突然、私と星加の顔を見て言った。

「新歓合宿？」

「新入生、つまり君たちを歓迎する合宿だよ。俺の実家、福島の奥のほうの、老舗の温泉旅館でよ」

「毎年、春には新入生を連れてその旅館に格安で泊めてもらえるの。もちろん、私も去年、連れて行ってもらったのよ」

縁側先輩が口添えした。

旅館「上湯館《じょうとうかん》」は福島県七雪《ななゆき》温泉に大正時代から続く老舗旅館で、目下のところ上梨田先輩のお母さまが女将を務めている。東京で一人暮らしをしながら七年目の大学生をしている息子に女将はほとほと愛想を尽かしているけど、二十四歳にして中居頭を張っている妹さんの口利きで、毎年、ヘンたてのメンバーは一泊二食付きわずか六千円（ただしお酒やおつまみは自分たちで持ち込み）で泊めてもらえるのだそうだ。

「絶対お得だから。行こうよ」

セリフだけ聞くなら胡散臭いけど、この先輩たちが悪いことを言うようには見えない。それに電車代とバス代は出してくれるっていうし、「すごく楽しそう！　行きます行きます。ねえ、亜可美も行くでしょ？」と星加が強引に袖を引っ張ったので、思わずうなずいてしまった。

かといって、六千円はバイトもしていない大学生には結構な大金だ。

「まあ、あんたが大学で自分の居場所を見つけるためだから、しかたないわよね」

ダメ元でお母さんに相談したらそう言って、臨時に一万円をくれたので、私も参加できることになったのだった。やったね！

温泉を出たあと、縁側先輩と星加と私の三人は、浴衣姿で外をぶらぶらした。情緒にそぐわないコンビニはもちろんない。小さな店舗を三つ、四つくらい見て回れば終わりだ。立ち寄ったお土産屋では試食の「温泉カステラ」をつまんでみた。珍しく白い色で、「卵白と、この温泉独特の硫黄質の水で作っているんです」と東北訛りの店員さんの解説。興味はわいたけど、そこまで欲しいわけじゃなかったから買わなかった。

そして帰り際、縁側先輩は慣れない下駄を履いていたため、石畳につまずいて転んでしまった。

「だ、大丈夫ですか？」

本日二回目のセリフ。縁側先輩は照れ笑いしながら、ちょっとすりむいた手のひらを見せてきた。

「大変」

手当てをしなきゃと、私たちは急いで宿に戻った。

帳場には、女将しかいない。

「あの」

声をかけたけれど、この人の第一印象はよくない。

一時間半ほど前、この宿に到着した時、彼女は私たちの姿を見るなりツンとした表情で知らんぷりしたかと思うと、同じバスでやってきた老夫婦のお客さんに愛想を振りまきながら近づいていった。「おふくろは、俺のこと、嫌ってるからな」と上梨田先輩は寂しさを紛らわすようにヘラヘラしていた。

そりゃ、自分の息子が東京で七年もチャラチャラした大学生をやってたら怒りもするはず。でも、久しぶりに実家に帰ってきた息子にその態度は……と思ったけれど、口に出すほどの勇気は私にはない。寂しそうな先輩がかわいそうになっただけだ。

結局私たちを出迎えてくれたのは中居頭の江美さん、二十四歳の、上梨田先輩の妹さんだ。「女将には、関わらないでください」彼女は困ったようにそう言った。そんな旅館、あるのだろうか？……とにかくそれ以来、中居頭は味方、女将は敵、みたいになんとなくなってしまっている。去年も来ている左門先輩や縁側先輩は慣れていて、星加や鈴木くんという地味な男子新入生も別に気にしていないようだけれど、私はちょっとだけ不満だ。だけど、今回は事態が事態だから、それなりの対応をしてくれるだろう。星加もそう思ったようで、

「すみません、先輩が怪我しちゃって」

と女将に言った。

だけど女将は何にも言わず、奥の扉を指差して、さっさと行ってしまったのだ。

「何、あの態度！」

すっかり頭に血が上っちゃった星加をなだめつつ、私は奥の部屋から絆創膏をもらってきた。

当の縁側先輩だけが妙に落ち着いている。

「この温泉」

「打ち身、切り傷にも効くって書いてあったよね」

そして先輩はまた、温泉に向かった。

私と星加はその後、二人部屋「萌黄《もえぎ》の間」に戻ってゴロゴロしながら（浴衣は楽だけどなんだか落ち着かないから普段着に戻ってしまった）ポッキーをつまみつつ、話をした。初めは星加の女将についての文句がメインだったけれど、そのうち、共通の授業「哲学概論」の先生の着ているジャケットはオジサン臭いけれどコーデによっちゃ意外に可愛くなるんじゃない、とかそんなどうでもいい話に変わっていった。

「ねえ亜可美」

星加がその質問を突きつけてきたのは、話題も尽きてそろそろケータイでもいじろうかなと思っていた時だ。

「このサークル、入るつもり？」

「え？」

質問の意味がわからなかった。

「私ね、実は迷ってるんだ」

座布団を枕代わりにして天井を見上げながら、星加は言った。

「どうして？　だって星加は縁側先輩に声をかけて、このサークルに来たんでしょ？　合宿だって、乗り気だったし」

「うん、そう。高校時代は全然話せる相手じゃなかった縁側先輩が身近な存在になったのも嬉しいし、左門先輩のビミョーに変態チックなところもツボだし」

「じゃあ、上梨田先輩？」

ははっ、と星加は身をよじらせて、私の顔に視線を移す。私はこんなに不安なのに、なんでそんなに明るいの？

「あの先輩は面白い。好き」

「だったら、まだ音楽に未練があるとか」

「ないって言ったら嘘になるけど、直接の理由じゃないかな。……まあ、亜可美だから言っちゃうけど。ほらやっぱり、サークルって刺激が大事じゃない？」

「刺激」

私は、従姉の澄香ちゃんの言葉を思い出していた。

「つまりその、カレシ的な」

「ああ」

星加はガールズバンドをバリバリ満喫していた高校二年生の時に、岐阜の貸しスタジオで知り合った七歳年上のギタリストと付き合って、純情まで捧げたのだけど、なんとその相手には実は奥さんと子供までいたという、私には信じられない最悪の恋愛遍歴を持っている。こういう話を聞くと、なんか、出遅れてるなっていう感じがする……。

「ほらあの、鈴木くん、だっけ？　ビミョーじゃない？」

鈴木くんは、三日前に突然サークルにやってきた、私たちと同じ新入生の男の子だ。どこかのミニコミサークルが発刊している「ミキダテクラブ」という雑誌のサークル紹介号の隅っこに載っていたヘンたての記事を見つけて、左門先輩に連絡を入れたらしい。

「そんなこと言ったら、悪いよ」

「えー、でもなー」

天然パーマの短髪を真ん中から分け、目は小さく、少年っぽいのに可愛げがない。地味な紺のネルシャツを、控えめに第一ボタンだけ外して、中のえんじ色のTシャツは丸首。インディゴの濃いジーンズと、やたら新しさの目立つ緑ラインの白スニーカー。星加にとっては「ナシ」なのだろう。

「実は私ね、授業で一緒になった子から、旅行サークルに誘われてるんだ」

「旅行サークル？」

「そう。いろんなところに旅行に行くだけじゃなくて、東京都観光検定とか世界遺産検定なんかを目指してさ、あとＯＢさんたちのコネで、旅行代理店とかの就職に圧倒的に有利なんだって」

抜け目ないなあ、星加。まあ、就職活動のことは抜きにしても、確かに楽しそうなサークルではある。

「それにね、イケメン男子、いっぱいいるらしいし」

「そうなんだ」

「実はね、来週末、そっちの新歓合宿にも誘われてるんだ。場所は房総なんだけど」

星加はサークルの二股をかけていたのだ。別に悪いことじゃない。むしろどのサークルに入るか決めかねているこの時期の新入生のあるべき姿だ。その分私は、彼女が急に遠くに行ってしまった気がした。

「ねえ、亜可美も参加してみない？」

「うーん……」

脳裏に左門先輩の顔が浮かんだ。喫茶店で、周りの目なんか気にせず、お気に入りのトマソンの写真に執心している、ジョン・レノン風長髪、ジョン・レノン風丸メガネ。

でも、せっかく星加が誘ってくれたわけだし。高校の友だちと離れて入学した大学で、初めて作った友達を失うのは嫌だという気持ちもある。

答えに迷っていると、突然、引き戸がノックされた。

「女の子たち、入っていい？」

この軽い感じ。上梨田先輩だ。

私たちは起き上がって、姿勢を正してから返事をした。下着類はバッグの奥底に入れてあるから大丈夫だ。

「どうぞー」

「やっぽ」

扉を開けた先輩は、またあの意味不明の挨拶を口にしながら右手を挙げた。左手には旅館を出て少し歩いたところのお土産屋で買ってきたと思《おぼ》しきビニール袋を提げている。白地のパーカーにプリントされている図柄は、セクシーなからかさお化けが泡風呂のバスタブでシャワーを浴びているというデザインだ。温泉旅館の息子がこんな図柄のパーカー着て、いいの？

「おっ、ポッキー食ってんの？」

上梨田先輩はずけずけと上がってきた。その後ろからおずおずと部屋の中を覗き込んでいるのは、さっきまで話題に上っていた鈴木くんだ。ただでさえ地味な顔で下を向き、申し訳なさそうにもじもじしている。

「ちょっといいかな？」

許可もしてないのにポッキーを一本抜き取って口にくわえ、先輩は部屋の外へ出るよう手招きした。

「なんですか？」

「ちょっ、ちょっ、付き合ってもらってもいい？」

私たちは誘われるまま、廊下に出た。

時刻はいつの間にか五時近くになっていた。四月下旬とはいっても、この時間になると寒い。浴衣姿のお客さんたちとすれ違いつつ、私と星加と鈴木くんはぐんぐん長い廊下を進む上梨田先輩のあとをついていく。

やがて、この大きな老舗旅館の一番奥なんじゃないかと思われるところまで来た。障子を開けると、そこは庭になっていた。先輩は外に置いてあったつっかけを履く。

「みんなも、これ、履いて」

言われるままに、なおも先輩のあとをついていく。日は、けっこう傾いていた。ところどころ苔むした、石畳のような道が庭木の中を続いている。足元を照らす低い外灯の前を一回右に曲がったところで、その建物が見えた。

地面より一段高いところに回廊が巡らされている。その上に、立派なログハウスがあった。太めの丸木で作られた壁は角で互い違いに組まれていて本格的だ。ところが、そこに全然マッチしないものが取り付けられている。でかでかと「①」と書かれた堅牢な鉄の扉だった。

「なんですか、あの扉？　牢屋みたい」

星加の質問など全く聞こえないように、上梨田先輩は黙々と進んでいく。

近づくと、建物の左側は大きな池に面していることがわかった。そして、①の扉より右には、②の扉と③の扉が続いている。この二つは木製だ。先輩はつっかけを脱いで、回廊に上がっていった。私と星加、さらにまだ一言もしゃべっていない鈴木くんもつっかけを脱ぎ、先輩のあとについて回廊に上がった。①、②、③の扉の前を行く。

左に曲がると、今度は順番に④、⑤、⑥の扉があった。

上梨田先輩は④の扉の前で立ち止まると、セクシーからかさお化けのパーカーのポケットから一枚のカードキーを取り出して右手人差し指と中指に挟み、自分の目のあたりにピッと掲げてみせ、扉の脇にある溝に、クレジットカードみたいな感じでキーをすっと滑らせた。

ぴぴっ。電子音がして、かちゃりとロックが解除された。ドアハンドルを下げ、押し開ける先輩。室内では感応式の蛍光灯が点いた。

驚き。というか、その部屋の異常な光景にショック。

中央にベッド。枕元にナイトテーブル。その上になぜか空のお皿。そこまではたいしてひっかかるところはないのだけれど、内壁も丸木作りでほぼ正方形のその部屋には、壁四面に三つずつ、合計十二の〝扉〟が設置されているのだった。

十二個の〝扉〟については、ざっと見て、こんな感じだ。【見取り図1参照】

①壁との間がコンクリートのようなもので接着されて確実に使用不能となった、鉄でで

きた堅牢な外開きドア。
②内側から「×」状に板が釘で打ち付けられ、確実に使用不可となった、木製外開きのドア。
③内側からドアと壁の間にたくさんのかすがいが打たれ、やっぱり使用不可能となった木製外開きのドア。
④今入ってきた、カードキーでしか開かなそうな黒いプラスチック製内開きドア。
⑤内側からは垂直方向から水平方向にロックを回すことによって開けることができる（たしか、サムターン錠とかいう名前の）鍵が取り付けられた内開きドア。
⑥内側から太い鉄の閂《かんぬき》がかけられた、灰色の内開きドア。
⑦ガラスの引き戸。二枚のガラス戸の間には、三日月形（たしかクレセント錠とかいう名前）の錠がかけられている。
⑧内側から掛け金で床にロックされた、商店街によくありそうな、上に開くシャッター。
⑨別に鍵なんかかけられていないような内開きの赤いドア。ただしその真ん前にテーブルが置いてあって、五重のトランプタワーが儚げに完成されている。
⑩内側から公衆トイレにあるようなスライド式の鍵が、親の仇かよってくらい（三十個くらい）かけられている白い内開きの扉。
⑪古臭い南京錠がかけられた内開きのドア。

⑫障子。ただし、床から一メートル五十センチくらいの高さにあり、足場はない。

……ちなみに、すべての扉にはでかでかと番号が書かれている。障子にも。

「このログハウスは、俺の親父が作った離れなんだ。客室じゃなく、完全に自分用な」

上梨田先輩は私たちのほうを振り向きながら言った。

「俺の親父ってやつはさ、こんなたいそうな旅館の跡取りだったわけだけど、まー、旅館の経営には無関心でさ、母親に全部任せっきりで、俺とばっかり遊んでたわけ」

部屋の中央のベッドに腰掛け、楽しげに語る。

「どういうわけか親父は、『扉』ってものに異常な執着心を感じていたみたいでさ、その『扉』を集めたこの離れを作ったんだ。まあ、変人だよね。俺が高校に入ってすぐに、死んじまったけれど」

へらへらしている上梨田先輩にはそれでも、どことなく哀愁が漂っていた。

「六年前、俺は二年も浪人したあとで幹館大学に入学し、そこで作った二人の友人を、この酔狂な離れに連れてきたんだ。そうしたらさ、いっそ、こういうヘンな建物を見つけまくるサークルを立ち上げねえか、って話になって。いわば、ここは『ヘンたて』発祥の地っつーわけ」

「へーっ」

星加が隣で感心したような声を出す。私も同じ思いだ。ただ単純にヘンな建物を探して

見取り図1

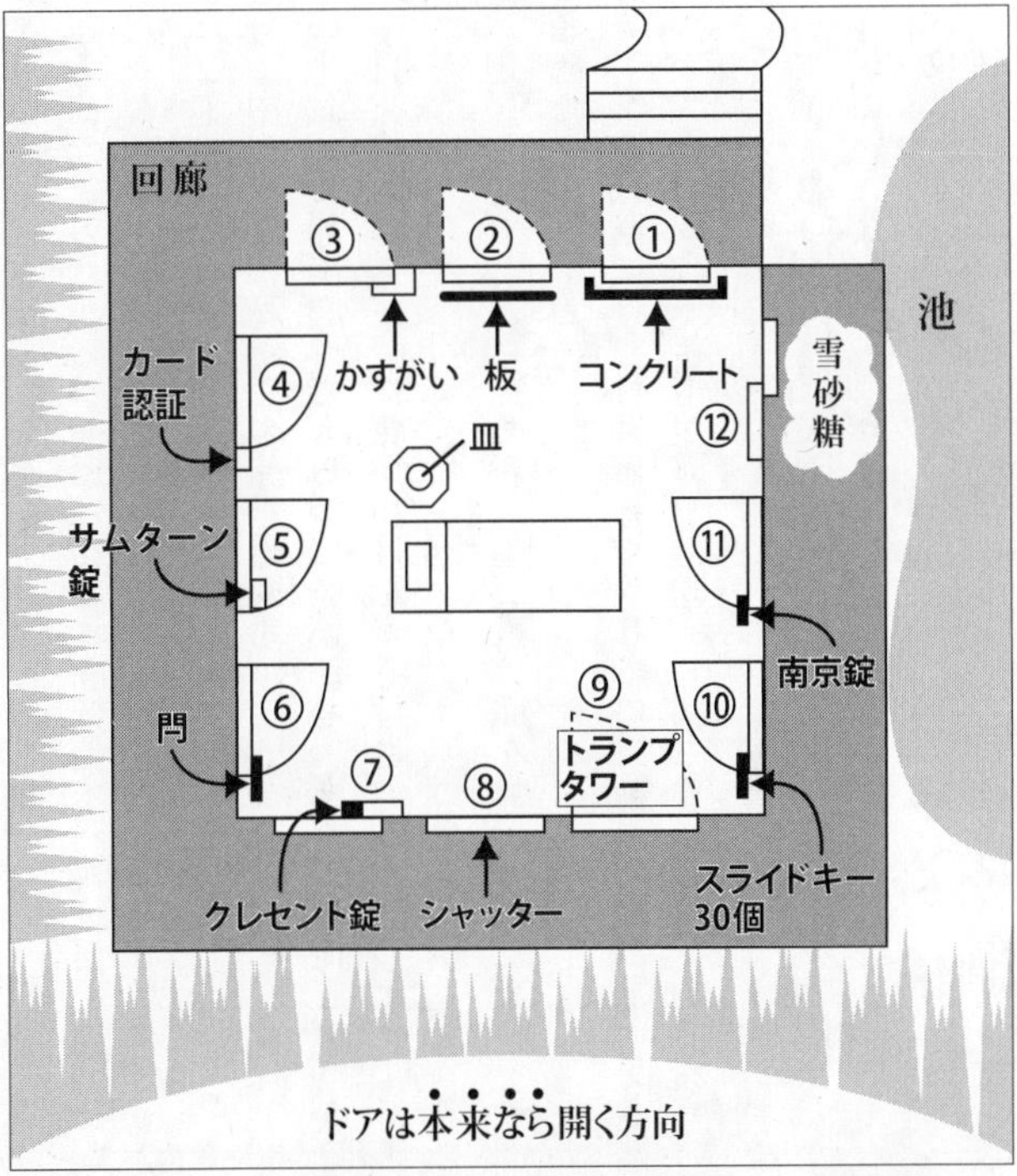

ドアは本来なら開く方向

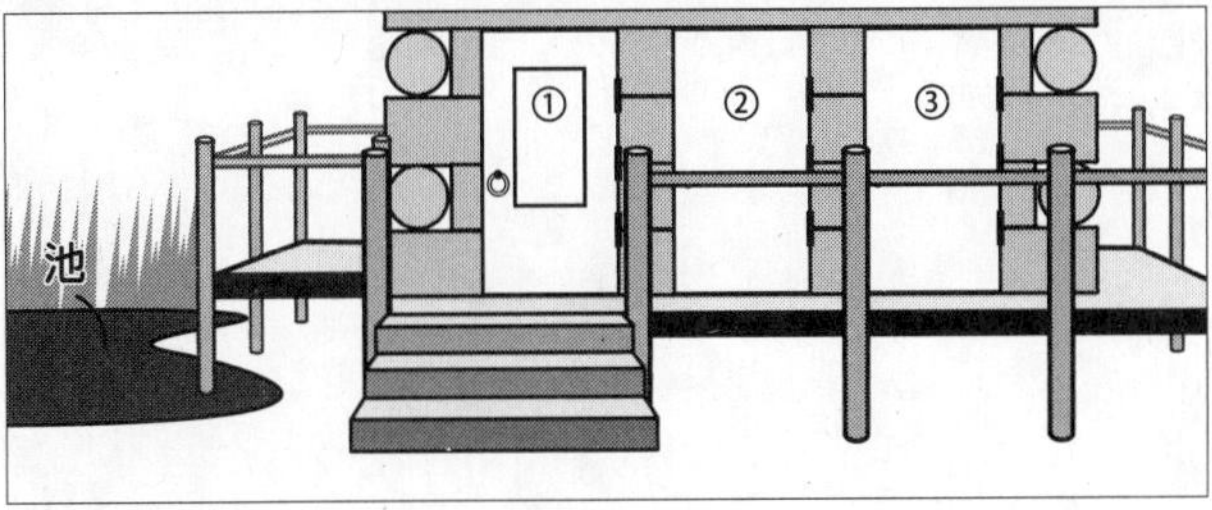

よろこんでいるサークルかと思ったら、この一見チャラい先輩の深い思いが詰まっていたことになるのだから。一緒についてきた鈴木くんは何を思っているのか、相変わらず何もしゃべらず、部屋の中をきょろきょろと見回しているだけだった。

「よし、そいじゃ」

上梨田先輩は私たちの顔を見回す。

「十二個の扉を調べてもらっていいか？　あー、ただし、⑨の扉の前にあるトランプタワーは、崩さねえように気ぃつけんだぞ。さっき左門のヤローが苦労して完成させたやつだから」

え、なんで、と私たち新入生三人は顔を見合わせたが、その部屋の十二の〝扉〟を調べ始めた。
①②③は壁に打ち付けられたりしていて絶対に開かないようになっている。④はさっき入ってきたカードキーの扉。⑤⑥⑦⑧はちゃんとロックされていて、⑨は危なっかしいトランプタワーを崩してはいけないのでスルー、⑩は鬼のようにスライドロックがかかっていて怖くなり、⑪はよくわからないけど開かない、⑫は障子だから普通に開くし、運動神経がいい人ならがんばればよじのぼれそうだけど。
「これ、知ってる？」

私たちが扉を一通り見たところで、ずっと部屋の中央のベッドに座っていた上梨田先輩は、持っていたビニール袋から白い箱を取り出した。

「七雪温泉名物のカステラなんだ」

「知ってます」

星加がすぐさま口を挟む。さっき、縁側先輩と三人で外をぶらぶらしている時に、お土産屋で見かけて試食したものだ。

「俺、これ好きなんだよなあー。夕食のあとにみんなで食おうぜ」

上梨田先輩は柄にもなくにこやかに言いながら、箱から真っ白なカステラを取り出し、ベッドの枕元のナイトテーブルにあった空のお皿の上に盛り付けた。すでにカットされているようだった。

「じゃあ、外に出っか」

上梨田先輩はひょこっと立ち上がり、率先して、さっきの④の扉から出て行った。私たちもあとを追う。

カードキーをすべらせてロックをすると、先輩は星加に「鍵がかかっているか確認してくれるか」と聞いた。星加は怪訝な表情で、ドアレバーを三回ほどガチャガチャやって、ロックを確認した。一体、なんなんだろう？

「次、こっちだ」

上梨田先輩の先導によって、回廊をさらに奥へ行く。角を左に曲がると、さっき内側から見た⑦のガラス戸、⑧のシャッター、⑨の赤い扉があった。そのまま進んで再び左へ。

すると、鯉が泳ぐ大きな池に沿って回廊が延びているが、⑫の障子の前に、不思議なものが落ちていることに気づいた。

「なんですか、これ？」

「雪砂糖さ」

上梨田先輩は得意げに言う。その一画に、まんべんなく、砂糖がまぶされているのだ。

「なんでこんなところにお砂糖を？」

「④の扉のカードキーは、この一枚しかない」

上梨田先輩は質問には答えてくれず、突然、自分の頬の近くにさっきのカードキーを掲げた。

「亜可美ちゃん、持っててくれる？」

「え」

差し出されて、受け取ってしまう。

「どう？　三人とも、何か意見は？」

私たちの顔を見回す、上梨田先輩。意見……？　私と星加は首を振る。

「鈴木は？」

すると、鈴木くんは初めて、声を出して答えた。

「密室、っていうことですか？」

……みっしつ？　って、何？

どこかで聞いたことあるような言葉だけど、なんだっけそれ。大学生だったら知らなきゃいけない言葉？　社会に出たら、知らなきゃ恥をかくような言葉？

「夜が楽しみだぜ」

上梨田先輩はニヤリと笑うと、そのまま回廊を引き返していった。

2. 温泉カステラ、食い散らかされる。

夕食は七時からだった。

お客さんの多くは宿泊している部屋で夕食をとるのだろう。大広間と呼ばれる、落ち着いた雰囲気の広い畳敷きの空間には私たちヘンたての六人の他、一般の宿泊客グループが数組いるだけだ。

旅館特有の小さな鍋（あの、青い燃料にチャッカマンで火をつけて熱するタイプのやつ）はなかなか美味だったし、奥座敷なのに刺身は充実していたし、おひたしや、山菜も美味しかった。締めは蕎麦。

「もうお腹いっぱいだよーう」

星加がテーブルに突っ伏すようなしぐさを見せたその時だ。

「お食事、楽しんでいただけてますでしょうか？」

中居頭の江美さんがやってきた。人里離れた温泉郷に似つかわしい、素朴な笑顔。この人のおかげで、温泉を一般客より先取りできたから、私と星加はへこへこ頭を下げながら
「おいしいですー」と場慣れしていないっぷりをものの見事に晒してしまった。よく見ると鈴木くんまで箸をくわえながら何も言わずにへこへこしている。

「そんなに畏まらなくてもいいって、俺の妹なんだから」

へっへっへ、と笑っているのはもちろん上梨田先輩だ。瓶ビールを一人で三本も飲んで、ただでさえ黒い顔が、赤黒い。

「すみませんね、うちの兄がいつまでも大学生やっているもんだから」

とさりげなく言ってはいるものの、江美さんの顔には全然嫌味が感じられない。

「うるせぇ」

「江美さん、僕たち上梨田先輩には、大変お世話になっています」

左門先輩があの耳心地の良い声でフォローする。さすが大学三年生、大人の対応が頼もしい。

「それは失礼しました。ところで左門さん。今年の新入生の女の子二人は、かわいくてい

いわね」

私と星加は照れ笑いする。かわいいだなんて、そんな……。

「お前それ、毎年言ってるじゃねえか」

「違うわ誠士郎兄さん。去年沙羅さんには、『綺麗』って言ったのよ」

私の正面で縁側先輩はにっこり微笑んで、上品に蕎麦を口へ運んだ。浴衣の似合うこの感じ、たしかに綺麗だ。私と星加は綺麗、って感じじゃない。まだ子どもってことか。と、取り留めもなく考えていたら、

「父さんの離れの謎はもう解いたの？」

江美さんは突然、不思議な発言をした。

「しーっ！　これからなんだよ、余計なこと言うんじゃねえ」

「あら、これはまた失礼。じゃあ新入生のみなさん、頑張ってくださいね」

頭を下げると、江美さんは隣のグループのところへあいさつに回っていった。頑張ってくださいね、って何、どういうこと？

「先輩、そろそろじゃないですか？」

「おお、そうだな」

と、最後の蕎麦をすすって左門先輩に応じると、上梨田先輩はすっくと立ち上がった。

「このあと、俺と左門が宿泊している『槐《えんじゅ》の間』にて、二次会をする」

「えー、まだ飲むんですか？」

星加が目を丸くした。

「まだまだこれからだよ。君らも飲むだろ」

「私たち、未成年ですよ」

「七雪温泉は治外法権だ」

何だろうその理屈、と思ったけれど結局私たちは引っ立てられ、左門先輩と上梨田先輩の宿泊している部屋に向かった。私の前を歩く星加は、上梨田先輩にぴったりくっついて楽しそうに話していてまんざらでもない様子だ。岐阜の実家では親戚からことあるごとにお酒を飲まされたし、バンドの打ち上げでもこっそり焼酎を飲んだことがあると自慢していた星加のことだから、お酒を飲むのに抵抗はないのだろう。一方私は、ほとんど飲酒の経験がない。

ちらりと横を見ると、鈴木くんはうつむいていた。彼も飲んだこと、ないのかな……。

「亜可美ちゃん」

突然、上梨田先輩が振り返った。

「カステラ、持ってきちゃってくれる？」

「え」

この旅館の一番奥まったところにある、あの十二の扉が設置された不思議な離れが頭の中によみがえってきた。そう言えば、カードキーを預かっているのは私だ。

「私、一人でですか？」

「おーう。よろしく。準備しとくから」

星加もニヤニヤ笑いながら「いってらっしゃーい」と手を振る。鈴木くんも人見知りして一緒に来てくれる感じじゃない。縁側先輩も左門先輩も笑いながら手を振っていた。なんだか、寂しくなった。

そりゃ、星加は明るいし話も面白いし、私なんかよりスタイルもいいから、上梨田先輩はお気に入りでしょうけど。私だって同じ、十八歳なんだから、もう少し優しくしてくれてもいいのに。あーあ、やっぱり少しダイエットしようかなー……カステラを取りに行く道中、そんなことを考える。

さっき来た廊下の端からつっかけを履いて外へ。もうすっかり夜で肌寒かったけれど、外灯が煌々と照っているから、暗くはない。

それでもこんなところを一人で歩くのは心細い。早くカステラを取って、先輩たちの部屋に戻ろう。石畳を右に曲がると、「①」と書かれた堅牢な扉が見えてきた。つっかけを脱いで回廊に上がり、①、②、③の扉の前を通って左に曲がり、④の黒い扉の前に立つ。取り出したカードキーを改めて眺めると、矢印がついていた。この方向に滑らすのか。丸木の壁に取り付けられた機械の溝に、先輩がしていたようにカードキーを滑らすと、ぴぴっ。電子音がしてロックが解除された。案外簡単だった。

ドアを押し開ける。灯りがつく。……ここまでは、夕方と一緒だったのだけれど。

「えっ？」

思わず声を出してしまった。

ベッドの枕元のナイトテーブルの上には、お皿。

そしてその上にカステラが……ない！

いや、ないというのは正確じゃない。カスが残されている。よく見ると、周りの床やベッドの上にも、白い温泉カステラのカスが散らばっている。

誰かが、この部屋に入った？　そう思ったら急に怖くなった。

とにかく④の扉から出る。カードキーを通してロックした瞬間、再び恐怖感が襲った。

つっかけを履いて、小走りで館内に戻り、「槐の間」にたどり着いた。みんなはすでに紙コップやお菓子を用意して車座になっている。

「大変です、泥棒です！」

私は叫んだ。

「亜可美、何、言ってんの？」

一瞬の沈黙のあと、星加が笑う。

「カステラが、食い散らかされてるの」

「はあ？」

「ちょっと、みんな、とにかく来てください」

三人の先輩たちは何か意味ありげに顔を見合わせながら立ち上がる。星加と鈴木くんもそれに倣った。

全員でぞろぞろと例の離れまで戻り、私がカードキーを滑らせてロック解除。ドアを押し開けると先ほどと同じ光景が広がっている。

「ね、食い散らかされてる」

息が詰まりそうになった。さっきから興奮しっぱなしだ。

「亜可美ちゃん、ずいぶん食いしん坊だな」

へっへっと笑いながら上梨田先輩が茶化した。

「私じゃありません！　だいたい、こんなに汚い食べ方しませんから」

「冗談、冗談」

上梨田先輩だけではなく、後ろで左門先輩と縁側先輩も笑っている。

……どういうこと？

「白状しよう。犯人は、俺たち三人だ」

「えーっ!?」

衝撃の告白に、私はずっこけそうになった。

「夕食の前に、三人でここに入って食べた」

「なーんだ。っていうか、それじゃあ、どうして私にカステラ取ってこいなんていう意地悪、言うんですか。プチドッキリですか」

「どうやって……？」

むくれる私の文句を、小さな声が遮った。

これまでずっと無口だった鈴木くんだ。腕を組んで不思議そうな顔をしている。

「何、鈴木くん？」

「だって、僕たち確認しましたよね。この部屋が密室だということを」

冴えない敬語だ。同学年だからタメ口でいいのに。そしてまた、「みっしつ」。だからなんなのそれ。

「先輩方はどうやって、この離れの中に入られたのですか？」

んー？　そう言えば、不思議？　星加も口を半開きにしたまま何かを考えている。

上梨田先輩はへっへっへっと笑い、そしてついに出題宣言をした。

「それを、今から君たちに考えてもらいたい」

密室っていうのは、入り口が全部閉ざされて誰も出入りができない空間のことで、ミステリー（推理小説のこと？　よくわかんない）ではよくその中で殺人事件が起こったりして、探偵がそのフシギを解決するのだそうだ。

私は小説なんて全然読まないから「へーそうなんですか」って感じだったけど、鈴木くんの説明を聞きながら、星加も「そう言えば、そんな小説、読んだことあるかも」とか言ってて、私はもう、一歩置いていかれている。

この扉が十二も設置されている謎の部屋の「密室トリック」は、ヘンたての新入生たちが必ず挑戦しなければならない、いわば試練のようなものだそうだ。

「いいか？　俺たち三人がどうやってこの部屋に入り、カステラを食い散らかし、そしてどうやってこの部屋から出たのか。この謎が解けたら君たちも飲み会に参加していい」

左門先輩は人差し指を立てて、あの癒し系ビブラートの効いた声で私たちに告げた。

「えー、それまでお預けなんですか？」

星加は不満そうだ。

「そっそっそ。まあ、夜中までやってるから、今夜中に解けたら参加できるな。一応、タイムリミットは明日のチェックアウトまでってことにしておくけど、そんなにかかんないだろう。おい左門、お前らの時、どれくらい時間かかったっけな？」

「俺の時は、二時過ぎにようやく鯵村《あじむら》が解決しました」

二時過ぎ！…そして知らない先輩の名前。

「縁側先輩も、挑戦されたのですか？」

鈴木くんが尋ねると、先輩は長い黒髪を梳きながらうなずいた。

「去年ね。あと二人いたんだけど」

「どれくらい、かかりましたか？」

「そうね、一時間くらいかな」

一時間か。それくらいで解ける謎なのか。

「ちなみに、歴代で最速だったのは、現在就職活動中の四年生三人組だ。所要時間、わずか十分」

上梨田先輩が告げる。

「十分、ですか？」

「ああ、俺もあんときゃ、驚いたぜ。入学当初からわーわーにぎやかでただのアホ三人衆かと思ってたら、まー、鮮やかな解決だった。ま、あいつらに勝てとは言わないけど、できるだけ今夜中に解いちゃってよ」

「あの……」

私は恐る恐る会話に入る。

「どうした、亜可美ちゃん」

「私、解けましたけど」

驚く先輩たち。

「って言うか、あそこしかなくないですか？」

私が指差したのはもちろん、「⑨」の赤い扉だ。あそこは鍵がかかっていない。啞然とするみんなを前に、私は近づいて、テーブルをどかした。上のトランプタワーが崩れる。

左門先輩ごめんなさい。

「ほら」

内開きのドアを開ける。出入り可能だし。そもそもこのドアには鍵がついていない。どう、これで解決でしょ。所要時間、二十秒。

「天然、ですか？」

鈴木くんが星加に尋ねている。

「そうみたい」

星加もあきれ顔だ。一体、何なの？

「亜可美、テーブルとトランプタワー、どう説明すんのよ」

「トランプタワー？」

「その扉を外から開けた瞬間、トランプタワー、崩れちゃうでしょ」

「また作り直せばいいじゃん」

「出る時、どうするの。出てからじゃトランプタワー、建てられないでしょ」

え……。

ああっ、そうか。そういうことか。この扉自体に鍵は掛かってないけど、儚いトランプタワーがその前にあることで、出入りができない扉になってるっていうことか。

へっへっ、とあのチャラい笑い声が聞こえてきた。

「こりゃー、先が思いやられるわ」

上梨田先輩が背中を向けて手を振りながら、④のカードキーの扉へ向かっている。左門先輩と縁側先輩もそれに続く。

「そいじゃ、頑張って」

三人は、部屋を出て行った。

3. 新入生、謎にぶち当たる。

最速記録の十分はあっという間に過ぎ去っていった。私はさっきからずっと、トランプタワーに挑戦している。

集中、集中、集中。ハートの7とクラブのJの頂点をゆっくりと合わせていく。

ぱたり。

「あっ」

そのままの勢いでぱたりぱたりと、トランプタワーは無残にも崩れていった。せっかくあと一段で完成だったのに、やっぱり真新しいトランプは難しい。……もともと、私はこういう地味なバランス作業が得意だ。トランプタワーだって古いトランプだったら八段まで完成させたことがあるし、一円玉を百枚並べてドミノ倒しだってやったことがある。ジェンガは絶対に負けたことがない。それだけに、左門先輩が完成させたこのトランプタワーを、自分が完成させられないのは悔しい。

「ねえ亜可美、やっぱりその扉、違うんじゃない？」

⑥の扉の閂を調べながら「星屑スターラブリー」というよくわからないガールズポップの鼻歌を歌っていた星加が、私のトランプタワー失敗を鼻で笑いながら言った。

「絶対ここだって。だって、鍵が開いてるの、ここだけだもん」

「⑫番は？」

「⑫番はいいの、鈴木くんに任せてるんだから」

とはいえ、鈴木くんはさっきからどこかに姿を消している。まだ外の雪砂糖を調べて、「雪密室《ゆきみっしつ》」なる謎を解こうとしているのだろうか。

「雪密室」っていうのは、鈴木くんの解説を、私なりに嚙み砕いて言えば、周りにまっさらな雪が積もっていて、そこには足跡が残されていなくって、「え、犯人、どうやってこの部屋まで行ったの？」っていうフシギを演出するタイプの密室だ。さっき三人で確認したけれど、⑫の扉の前にまんべんなくまかれていた雪砂糖の上には、足跡はもちろん、ハシゴを立て掛けた跡も残されていなかった。このための雪砂糖だったのだろう。

「ねえ、鈴木くんってさ」

星加は門をかちゃかちゃやりながら話しかけてきた。

「なんとなく頼りになるかも、って思えてきた」

「なんで？」

さっきは「ナシ」みたいなことをいっていたくせに。星加は移り気なところがある。

「『雪密室』の解説、なんかカッコよくなかった？」

そうかなあ。

ガチャリと音がして④の扉が開いた。鈴木くんだった。

「上梨田先輩の妹さんから、糸、借りてきました」

目の前で糸巻を振りながら笑顔満面だ。こんなに嬉しそうな表情ができる人だったんだ。

「何、鈴木くん。もう、謎、解けたの？」

「いや。でも、こういう密室では糸を使うのが基本かなと思いまして」

「なーんだ」

星加は笑って、再び⑥の門の扉の前に立つ。

「私の仮説、聞いてもらっていい？」

「おっ。何か思いついたんですか」

なんだこの二人。いつの間にやらノリノリだし。

「このドア、木だよね」

こつんこつんと指ではじく。灰色に塗られてはいるけれど、確かに木だ。

「で、この門はおそらく鉄なんだ」

「はい」

「だからさ、外から、すっごい強力な磁石を使ったら、門だけ動くんじゃない？」

なかなか科学的な発想だ。少し見直した。

「星加、すごいね」

「面白いとは思いますけど」

私が思わず賞賛しようとしたのと同時に鈴木くんが言い出した。

「この門はただ単純に横にスライドするだけではなく、一度回さないとスライドできないようになっていますね」

……よく見ると、たしかにそうだった。いったん回して角度を整えないと、ストッパーがかかって横にずれない構造だ。

「仮にそのような強力な磁石があったとしても、外から回すことはできないんじゃないですか」

「だよね」

星加もわかってたというように笑った。感心したのは、私だけだったようだ。

「鈴木くんも、何か仮説あったら聞かせてよ」

「実は一つあるのですが、まだ確実ではないので」

「期待してるよ、なんてったって、もう一人は全然役に立ちそうもないから」

星加の言い草に、私はちょっと、カチンときた。

「私だってあるよ、仮説」

「へー、聞かせてよ」

完全にこちらを見下している口調だ。

「いいよ。糸、貸してっ!」

鈴木くんの手から糸を奪い取ると、私は再びテーブル前に立膝をして、二段だけ、トランプタワーを作り上げた。そしてテーブルの四本の脚のうち二本に糸をくぐらせて、その端を持ったまま、⑨の赤い扉から回廊に出た。糸はドアの下のすき間から外に出てきている。私はゆっくりとその糸を引く。中でずずずとテーブルが動いていく感覚がした。こうやって、扉の前までテーブルを手繰り寄せて、糸の片方だけを引っ張って回収して、あとはテーブルの上のトランプタワーが無事でいてくれれば……。

中で星加の笑い声がした。

「亜可美、全然ダメだって！」

ドアが開けられる。

「テーブルが引っ張られた瞬間、ソッコーでタワー崩れたし。二段で無理なら、五段はもっと無理でしょ」

「面白いですけどね」

鈴木くんも笑っていた。うう。悔しい。

「この扉は、ミスリードじゃないかと思います」

ミスリード……何それ、ミスドの仲間かな？


私の度重なるチャレンジはあえなく失敗し、その十分くらいあと、鈴木くんの推理が始まった。

「僕が今から話す仮説は、この⑫番に関するものです」

例の「雪密室」の障子だ。私たちは回廊に出て、雪砂糖が積もっている前にいる。暗い池からは時折、鯉が立てている水音が聞こえてくる。

「足あと、残ってないけど」

「ええ。だけどそもそも『雪密室』というのは、積雪という人間の力ではどうしようもない自然現象によってできた密室ですよね。この障子の向こうの雪砂糖は人為的なもの。そこが違います」

星加はふんふんとうなずいている。だけど、私は鈴木くんが何を言いたいのか、よくわからない。

「もし、僕たちが夕方に見た雪砂糖と、この雪砂糖が違うものだとしたら」

「え？」

「先輩方は一度、この雪砂糖を池に落としてしまったのではないですか？」

私は池の中を見る。立派な錦鯉が悠々と泳いでいる。

「そんなことしたら、鯉が糖尿病になっちゃう」

「鯉に糖尿病があるの？」

星加が笑った。

「たしかに、鯉に何らかの影響はあるかもしれませんね。では、部屋に入る前に、雪砂糖を全部食べてしまったというのはどうですか」

「ちょ、ちょっと待ってよ」

私はこの説にも断固反対だった。

「一度廊下に落ちたお砂糖、食べるって。しかもここ、外だよ？」

「いや」

星加だ。

「縁側先輩は絶対にそんなことしないけど、上梨田先輩ならやりかねない。左門先輩だって」

「ちょっと星加、左門先輩の評価、低すぎない？」

「なに亜可美、ひょっとして左門先輩のこと、好きなの？」

「そっ、そういうわけじゃなくって……」

顔が熱くなったけど、言い返す。

「これからカステラ食べようっていう人たちが、こんなに大量に甘い物、食べる？」

これには鈴木くんも星加もハッとしたようだった。やったね、一矢報いた。

「じゃあ」

と鈴木くんはすぐに体勢を立て直す。

「掃除機で吸い取ってしまったというのは？」

「コンセント、あったっけ？」

きょろきょろ周りを見回したけれど、なかった。

「充電式のハンドクリーナーなら」

「ありえるね」

二人は勝手に話を進めているから、とりあえずは納得して先を聞くことにした。

「先輩たちは雪砂糖を取り払ったここに脚立か、あるいは台を置いて、室内に入りました」

「待って、待ってって」

これにも反対だ。今度は星加も味方してくれるはず。

「床は一メートル五十センチ下でしょ。……こんなこと言うの失礼だけど、縁側先輩には」

「あっ。そうだね。鈴木くん、縁側先輩の運動神経のなさ、ハンパないの、知ってる？」

別に悪意があるわけじゃない。だけど、たとえ台を使ったとしても、縁側先輩には無理だ。

「それは知らなかったけど、僕も縁側先輩がここから入ったとは思っていません」

「え、そうなの？」

「夕方、この部屋に案内された直後、縁側先輩と廊下ですれ違いました。その時からすでに浴衣を着用されていましたから。浴衣を着た女性が、こんなところから出入りするのは、ちょっと想像できないです」

そっか……。そんな視点はなかった。星加もそうだったみたいで恥ずかしそうにへへと笑った。女二人、縁側先輩の運動神経のことばかりがちらついて情けない。

「左門先輩か上梨田先輩がここから入って、⑦番の扉を内側から開けたのではないでしょうか？」

クレセント錠がついたガラス戸だ。あそこなら、浴衣姿の縁側先輩でも楽に入れる。

「先輩方は三人でカステラを食い散らかしになられ、縁側先輩だけ再び⑦番から外に出ます。中からクレセント錠を掛けた二人は再び⑫番から外に出て、入る前と同様に雪砂糖を積もらせる」

「うん、シンプルだけど完ぺき」

星加はうなずいて腕時計に目を落とす。

「時間は五十分か。でもまあ、まずまずじゃない」

そうか。……まあ、筋は通ってるしな。と思ったのだけれど、

「ですが」

鈴木くんは自ら否定するようなトーンに変わった。

「僕は、もう少し考えてみたい」

「どうして？」

「美しくないからです。『雪密室』の命である雪を取り払ってしまうという解答が、どうも……」

「自分で言い出したんでしょ？」

星加がつっかかる。

「ええ。そうなのですが。この離れは上梨田先輩が『ヘンたて』を創設するきっかけにな

った場所です。最終的に『ヘンな建物だなあ』と思わせる秘密が隠されている気がするのです」

「扉が十二個もある時点で、十分ヘンだと思うけどね」

笑う星加の横で、鈴木くんは顔をしかめて腕を組んでいるだけだった。

あなたのレチクルに、触れたいの
煌めいて瞬いて、心の一等星
生まれたての秘密をポケットに、
流れ星を待ってた、ＯＨ　星屑スターラブリー

……星加が高校時代のバンドで歌っていたオリジナル曲、「星屑スターラブリー」のサビの部分だ。星、って言葉がわずかな間に三回も出てくる。

このサビの部分を星加はさっきから何度も口ずさみながら⑥の門の扉と⑦のガラス戸の間を行き来している。おかげですっかりこっちも、トランプタワーを組み立てながらそのメロディーと歌詞を覚えてしまっていた。もう、二時間くらい経っていた。

「ながれぼしを－、まってた－♪」

「ＯＨ　ほしくず－　すた－ら－ぷり－♪」

思わずつられて歌ってしまったその時、

「あっはははは」

門をばんばんと叩きながら、星加が急に笑い出した。

「わかっちゃった！」

「わかった？」

鈴木くんは⑩の扉の約三十個のスライドキーを睨み付けていたのだけれど、私と同時に、星加を振り返った。テーブルの上では、三段目まで行った私のトランプタワーが崩れていった。

「解けたんですか？」

「うん」

私と鈴木くんは、星加のもとへ歩んでいく。

「私たちの大きな間違いは、三人が入った扉と出て行った扉が同じだと思いこんでいたことなんじゃない？」

星加はそのまま⑨のトランプタワーの赤い扉を指差す。

「三人が入ってきた扉は、その鍵のかかっていない扉。三人はカステラを食い散らかし、その後テーブルをまた扉の前に持って行って、左門先輩がトランプタワーを組み上げたのでーす」

「それって、私が初めに言った説と同じじゃん」

「はっはっは。残念でした亜可美ちゃん」

目の前で人差し指を振る星加。キャラ変更？

「そのあとどうやってこの部屋から出て行ったのか、っていうのがこのトリックのネックなんだな」

「なるほど」

鈴木くんが同意して、またこの二対一になってしまった。

「伊倉さんは、三人がどうやって出て行ったと思うんですか？」

「ズバリ、ここから出て行ったのでしょう」

星加が指差したのは、⑦のガラス戸だった。

「そして、外側から、これを使って、このクレセント錠を閉めたのよ」

いつの間にか、さっき鈴木くんが江美さんから借りてきた糸巻を持って、糸の端を輪のようにしている。その輪を、下を向いているクレセント錠の指掛けの部分に通した。この指掛けの部分が上に向けば、鍵は閉まるはずだ。

すると星加は、今度は糸をどんどん出しながら⑥の扉へ向かって行き、閂の中に糸をくぐらせた。

「よく見てね。高さを比べると、クレセント錠よりも閂のほうが少し、上についてるでしょう？」

たしかにそうだ。だから糸は上がりながらクレセント錠から閂に続いている。さらに星加は糸を出しながら、今度は⑫の障子に向かって行く。そして、開いている障子から糸巻を外へ放り投げた。雪砂糖に跡がつかないように、右方向を狙って。

「これで、外に出る」

障子を閉めると、星加はクレセント錠の指掛けに通された糸の輪が取れないように気を付けながら、ガラス戸から出た。私たちも続く。

「いい、ここで中の糸の動きを見てて」

私と鈴木くんをガラス戸の前に残すと、星加は回廊を池方面へ進み、左へ曲がっていった。何をするのか私にもわかった。

部屋の中の糸が星加によって引っ張られ、⑫の障子の隙間からどんどん出て行き始めた。閂にひっかかった糸が指掛けを上へと誘い、そのままカチャリとクレセント錠が掛かる……という結末が目の前で展開されればカッコよかった。

実際には、クレセント錠と閂の高さの差が足りず、クレセント錠は真横になっただけで、完全に鍵は掛からなかった。

「あっ、あああ……」

横で鈴木くんが、心底悔しそうな声を上げる。なんだかだんだん彼の感情が見えてきた。

「どうだった？」

廊下の向こうから顔をのぞかせる星加。

「惜しくも失敗しました」

「失敗かー」

「だけど伊倉さん、これ、かなり正解に近いと思いますよ」

「でしょ、でしょ」

「ひょっとしたら、糸を引っかけるのは門じゃなくて、他のどこかなのかもしれない」

「私もそうかもって思ってきた。ね、いろいろ試してみよう」

俄然やる気になる二人。私だけ取り残されている。

「楽しそうにやってるわね」

その時、ひょっこり誰かが、建物の陰から顔をのぞかせた。縁側先輩だった。

「差し入れよ」

掲げられた重そうなビニール袋には、缶チューハイが数本入っていた。

「ありがとうございます、先輩」

「どう、解けそう？」

「はい。今ちょうど、いい線まで来たところなんですよ」

「へぇー」

ガラス戸から部屋の中を見る先輩の美しい浴衣姿を見ながら、そういえば今何時だろうと時計を見た。いつの間にか、十時半を過ぎていた。

「あ、そうそう。上梨田先輩から大事なことを言い忘れた、っていう伝言があったの」

もう始めてから三時間くらいが経ちそうなのに、今さら？

そして、このあと縁側先輩の口から出た言葉に、私たちは愕然とするのだった。

「このトリック、糸は使っていないから」

「えーっ！」

星加はずっこけた。比喩ではなく、物理的にその場にひっくり返った。せっかく正解に近づけたと思ったのに、完全に無駄になってしまった。

「先輩、充電式ハンドクリーナーはどうですか？」

鈴木くんも動揺を隠せない様子で尋ねる。

「使っていないわ」

「超強力な磁石は？」

もちろん先輩は、優雅に首を振った。

……すべては振り出しに戻った。私たち（というか、星加と鈴木くん）が今まで考えた仮説は、ことごとく不正解ということだ。

「ちなみに、これが一番、上梨田先輩が伝えてほしいって言ったことなんだけれど」

縁側先輩の美形の顔に、私たち三人は真剣な視線を注ぐ。

「今回使った雪砂糖はちゃんと全部回収して、ジャムを作るのに利用するから」

食べ物を無駄にしない、地球にやさしい模範的なサークル。「幹館大学ヘンな建物研究会」。

ってか、今はそんなこと、どうでもいい！

4．無念の謎解き中止

「今さらで悪いんですけど、『レチクル』って何ですか？」

回廊に座り込み、丸太同士が互い違いに組み合わさっている角のあたりにもたれて、鈴木くんが星加に尋ねた。その手にはブドウ缶チューハイ。

「天体望遠鏡のレンズの真ん中についてる、天体に照準を合わせるための印のこと。『あなたのレチクルに触れたいの』っていうのは、あなたの視線を私に合わせてほしいの、っていう切ない乙女心を表してるんだって、作詞した子が言ってた」

「へぇー、なるほどねぇ」

福島の春先の夜気は寒かったけれど、ほんのり酔った私の頬には、むしろ気持ち良かった。

「あーなーたのー、レチクルに♪」

私はすっかり覚えてしまったサビの部分を歌い始める。すぐさま星加も、そしてお酒が入ってだいぶ砕けてきた鈴木くんもつき合って、「星屑スターラブリー」の合唱が始まった。

縁側先輩が缶チューハイを持ってきてくれてからさらに一時間ほど、私たちは相変わらずああでもないこうでもないと推理を繰り返していたが、どうも先輩方に胸を張って発表できるトリックを思いつけず、「ちょっと缶チューハイ飲まない？」と星加が提案したので一息入れることにしたのだった。「現場を汚すといけないから外に出ましょうか」と鈴木くんが言い出し、そこまで大げさなものでも……と思ったけど私たちもなんとなく従って外に出て、①から③の扉のあたりにやってきて腰を下ろした。

ちなみにどうしてわざわざここだったのかというと、誰も何も言わなかったけれど、この三つの扉は絶対にトリックに関係ないだろうと三人とも感じていたからだと思う。三つとも内側から板やかすがいやコンクリートによって丸太の壁とつなげられて開かないようになっているのだから。この三つの扉から入るなんて、絶対に不可能だ。きっと「数合わせ」の扉なんだ。

「僕、実はもう一つ、仮説があるんですけどね」

缶チューハイを半分くらい飲んだころ、鈴木くんが言い出した。私の視界はふわふわしている。缶チューハイってジュースみたいだけれど、確実にアルコールが入っているんだなあ。

「もう本当に、バカバカしい仮説なんですけれど」

ふふふっ、と鈴木くんは笑った。

「いいじゃん、聞かせてよ」

星加の口調は少しゆっくりになっていた。彼女もアルコールが入ってふわふわしているらしい。

「⑩番のスライドロックなんですが、あれ、けっこう動かしやすいんですよ。緩いというか」

「ふーん」

「それで、たとえばどこかにこの離れ全体をがくんと傾かせる仕掛けがあって、向こう方向に傾いたら、重力に引き寄せられて一気にロックが解除されるとか」

「うわ、大胆」

目を丸くする星加。

「閉めるときは今度は逆方向に傾いて一気にロックが掛かる」

「絶対、ないもんね！」

私は自分でもびっくりするくらい大きな声で否定した。

「そんなことしたら、トランプタワーが崩れちゃう」

トランプタワーのことだけは譲れない。私、本当は五段くらい、簡単に作れるはずなんだから。

するとと星加が笑い出した。

「鈴木くんだってわかってるって。もー、亜可美ってばジョークが通じないんだから」

「ええ、そうなの？」

「すみません」

照れ笑いする鈴木くん。なんか、星加と鈴木くん、だいぶ仲良くなってない？

……と思った、その時だった。

「ちょっと、あなたたち！」

突然とげとげしい声が聞こえてきた。石畳のほうに視線をやった鈴木くんが慌てて姿勢を正す。血相を変えてやってきたのは、この上湯館の女将、上梨田先輩のお母さまだった。

「他のお客様から、歌声がうるさいっていう苦情がきたのよ。一体、何時だと思ってるの！」

たしかに、時刻はすでに十二時を回っている。軽率だった。

「あ、どうもすみません」

鈴木くんはすぐに謝った。私たちも姿勢を正す。一気に、血の気が引いていく。

「そもそも、この旅館は」

女将は声のトーンを落とした。

「あなたたちのようなチャラチャラした大学生が泊まりに来るようなところじゃないの」

その静かな口調が、かえって怒りを際立たせていた。夕方、私たちに見せた、あの冷たい顔。

「江美の手前、あなた方も泊めていますけどね、こんなことが続くようなら、来年から正式にお断りさせてもらいます。誠士郎も、ろくなもんじゃない」

初めは萎縮していた私だったが、なんだか少し、カチンとした。

「先輩は、息子さんじゃないんですか」

気づくと言い返していた。普段はもちろん、こんなにけんかっ早いことない、というか、誰かと口げんかなんかしたこともない。星加も鈴木くんも驚いて私の顔を見ていた。

女将は諭すような口調で言った。

「東京の大学で、やりたいことを探すんだって六年も大学生やって、今年で七年目。こっちもあんな性格の子に旅館を継がれるのはごめんだからいいけれど、いつ見つかるの、やりたいことなんて?」

なんだか私は自分のことを言われているような感覚に陥っていた。今月の初め、あちこちのサークルを巡りながら自分のやりたいことは何なのか悩んでいた時のことが、とめどなく溢れ出してくる。

何がやりたいのか、将来のことも大学生活のことも何も考えずに受験して、大学に入ったら勝手に新生活が始まっちゃって、それで思い出したように焦って不安になっていた。

上梨田先輩はひょっとしてまだ、将来自分がやりたいことが見つかっていないんじゃないだろうか。だから留年を繰り返してそれを探して……。周りの人がそれを情けないだなんて言うのは簡単だけれど、数年先、自分がそうなっていないなんて言いきれるのだろうか。将来やりたいことなんて、そんなすぐに見つかるのだろうか。

「やりたいこと、見つけるのに時間かけるの、いけないんですか？」

いつの間にか、ぼろぼろ泣いていた。

やっぱり私まだ……不安なんだ。

女将は困っていた。私はそれから先、何も言葉を継げずにいた。

ヘンな建物の前で、ヘンな沈黙。

「ほ、ホントにすみませんでした！」

星加が私の腕をグイッと引っ張る。鈴木くんもすかさずついてくる。

私は涙を流したまま二人に促されてつっかけを履き、本館のほうへ連れて行かれた。女将は追ってこなかった。

もう謎解きなんかする雰囲気ではなく、お互いそれを察して、鈴木くんは「おやすみなさい」とだけ言うと、自分の部屋に戻っていった。

私と星加も変に沈黙したまま「萌黄の間」に戻って、十分くらい過ぎただろうか。ようやく私は気分を落ち着かせた。星加に誘われ、二人でとりあえず歯磨きをしていたら、上梨田先輩がやってきた。

「本当に、悪いな……」

先輩は鈴木くんから事情を聞いたのだという。さっきまで飲んでいただろうに、すっかり意気消沈していた。

「いいんですよ、私たちが調子に乗って歌ってたのがいけなかったんです。こっちこそ、ごめんなさい」

歯ブラシの泡を垂らしたまま、星加が謝った。

「いや、うちの事情で、新入生のみんなに嫌な思いをさせたことを、すまないと思ってるんだ」

私と星加は何も言えずにいた。先輩は数時間前のように、またずけずけと上がり込んできた。そして、私が敷いた布団の上に正座した。

「俺のこと、なんか言ってただろ」

「あ、ああ……」

「わかってるんだよ、母親が俺のこと、どう思ってるかなんて。でも俺はこのサークル創設者として、後輩に、親父の造ったあの離れを見せてやりたいんだ。扉が好きだった親父の、本当の遊び心ってやつをさ」

ふうっ、と息を吐く。

「そのためってわけでもないけど、七年も大学によ」

「はあ……」

「四年の春からだ、母親が俺と口をきいてくれなくなったの。俺が就職活動《シューカツ》せずに、大学の単位も取ってないっていうのを知ってから」

やっぱり酔っている。話が支離滅裂だ。

「だけど、もうそろそろ、潮時かなー」

ついに先輩は、私の布団の上にゴロリと横になってしまった。ちょっとちょっと。

「するかなー、シューカツ」

パーカーのセクシーからかさお化けが、やけに寂しげだった。

「先輩は、将来の夢、ないんですか？」

歯ブラシをくわえたまま星加が尋ねる。先輩は腫れぼったい目を私たちのほうに向け、居心地悪そうに首を振る。

そして体を起こすと、よろけながら廊下へ出て行った。

「おやすみなさい」

その後ろ姿に星加が声をかけたその時、

「強いてあげれば」

と、先輩は振り返った。

「自分の子どもを、この旅館に連れてきたいかな」

「え？」

「そして、あの離れの謎を解かせる」

……まったく、この人は。

「そん時、おふくろが笑ってくれたら、それでいいかな」

私は星加と顔を見合わせた。歯磨きを途中で遮られた星加の口の周りは泡だらけになっていた。だけど、笑えなかった。先輩は、ちゃんと女将のことを、自分の母親のことを、思っているんだ。

「あ、こんな時に悪いけど、明日、朝食の時に宿泊費集めるから、財布持ってきて」

先輩は照れくさそうにひひと笑うと、「おやすみ」と言って引き戸を閉めた。

5. 十三枚目の扉？

目が覚めたのは六時過ぎだった。星加はまだ隣の布団で寝ている。もう一度眠ろうとしたのだけれど、いろんなことが気になって眠れなかった。朝風呂に入れることを思い出し、星加を起こそうかと考えたけどやめて、一人、タオルだけを持って部屋を出る。

早朝だけあって廊下には誰もいなかった。昨夜、女将に食ってかかって、そして涙まで流してしまったことを思い出し、急に顔から火が出るほど恥ずかしくなった。

私は子どもの頃から涙もろくて、悔しくても嬉しくてもすぐに涙が出て、男の子たちによくからかわれた。成長するにしたがってだんだんなくなっていたのだけれど、昨日はやっぱり酔っていたから、あんなふうになってしまったのだ。ああー、失敗しちゃったなあ。星加と鈴木くんにもみっともないところを見られたし、上梨田先輩が知っているっていうことは、縁側先輩と左門先輩にも。なんだか面倒くさい後輩だって思われるかもしれない。

「おはようございます」

突然挨拶をされて、飛び上がるほど驚いた。そこにいたのは、江美さんだった。朝から元気な笑顔。

「……おはようございます」

「昨夜のうちには、離れの秘密を、解けなかったみたいですね」

「ええ、まあ」

それどころじゃなくなってしまったもので、とは言わなかった。この様子からして、江美さんは事情を聞かされていないのだろう。

「きっと今までの最低記録ですよね」

私は自嘲的に言うと軽く頭を下げて、浴場へ向かおうとした。

「あの離れ、扉は十二枚じゃないんですよ」

「え？」

扉は十二枚じゃない？　なんだか、すごく重要なヒントを教えてもらった気がする。

「どこかに十三枚目の扉がある、ってことですか？」

そんなの、ありえないと自分で言いながら思う。江美さんはごまかすように笑った。

「なんというか……あまり言うと、誠士郎兄さんに叱られてしまうから」

そうだ。タイムリミットはチェックアウトの十時。まだ謎解きは続いているのだ。

「最後まであきらめないでください」

そして江美さんは去って行った。

朝風呂は後回しにして、離れへ向かった。外は朝のひんやりした空気に包まれていた。

石畳を抜け、回廊へ上る。昨夜カードキーをかけずに部屋に戻ってしまったから、④の扉のカギはかかっていなかった。中に入ると、カステラのカスもそのまま、結局一度もタワーを作ることができなかったトランプもそのままだった。

十三枚目の扉があるならここかなと、ベッドの下を覗き込む。無機質な床で、一応手を入れて叩いてみたけれど、動く気配はない。じゃあ天井かと見上げてみたものの、蛍光灯がぶらさがっているだけで、どこにも扉らしきものは見えない。だいたい、床や天井に取り付けられた出入り口のことを「扉」と呼ぶだろうか。

もう一度、部屋の中を見回す。昨日は密室に夢中だったから気にしていなかったけれど、ベッドや床の上に散らばったカステラのカスが目についた。汚れたままにしておくのは気が引ける。私はせめて大きなカスだけでもと、右手で拾っていった。

肌寒くなってきた。昨日寝るときに慣れない浴衣に着替えてしまったからだ。中にTシャツを着ているけどやっぱりあんまり心地よくない。早く温泉に浸かって、部屋に戻って着替えよう。

謎解きは、朝食後にお預けだ。

ご飯とみそ汁、卵と温野菜とお漬物。朝食はシンプルかつ、どことなく上品で、美味しかった。

朝食前に温泉に入ってきた私はすっかり目が覚めて気分もリフレッシュされていたけど、星加はギリギリまで寝ていて、今もこっくりこっくりしている。夜型で、朝は弱いらしい。

昨日の夜のことがあったから、なんとなく会話は弾まなかった。私は気恥ずかしくて、先輩方の顔をとても見る気にはなれなかった。

それでも朝食を食べるといくらか元気は湧いてくる。お茶を一口飲んで、ふーっと息を吐いて、座椅子の背にもたれて天井を見上げる。渋い木目調の板作りで、どこかに出入り口なんかありそうにない。……また、考えてしまった。

タイムリミットまで、あと二時間と少しか。

「それじゃあ悪いんだけど」

会計係の縁側先輩が言った。長い髪を今日はひとつにまとめている。

「新入生のみんな、宿泊費を集めてしまってもいい？」

「あ、はい」

私はお膳の下に置いてあった財布から一万円札を取り出した。

「中川さんって」

私の手から縁側先輩に渡った一万円札に目を落としながら、ずっと黙っていた鈴木くんが突然質問した。

「バイト、してるんですか？」

「ううん」

何このタイミングで、と思ったけれど、私は答える。

「僕もです。今回、父に借金してきましたよ」

「え、借金？」

「はい。早くバイト見つけて、返さないと」

正直驚いた。親に借金をするなんていう発想、私にはない。

「私は、臨時にお母さんから一万円もらってきちゃった」

「へえ、優しいお母さんですね」

——まあ、あんたが大学での自分の居場所を見つけるためだから、しかたないわよね。

一万円を私に手渡しながら言ってくれたお母さんの顔が目に浮かんだ。親からお金もらうのなんて、何でもないことだと思っていた。だけど、そこにはちゃんと親の思いがあって……。

「私って、甘やかされてるのかな」

縁側先輩がくすっと笑った。

「そんなことを言ったら、私や星加ちゃんなんて毎月仕送りしてもらっているわ。上梨田先輩も、ね」

「……ああ」

上梨田先輩は心底居心地の悪そうな顔をしていた。この先輩がいまだに大学生をやっていられるのは、顔をしかめながらも、あの女将が学費を出してくれるからだろう。そこにもやっぱり、あるのだ。親の思いっていうやつが。

「あっ」

突然、左門先輩が姿勢を正した。

先輩の視線の先を見て、私たちも息が止まりそうになる。

——女将が佇んで、私たちのことを見ていた。

やっぱり冷たい表情だった。

「おはようございます」

左門先輩が頭を下げる。

「おはようございます」

と、返事をしたまま、女将はしばらく黙っていた。緊張。

「お茶、おかわりお注ぎしましょうか」

女将は、私のお膳の上に置いてあった空の湯呑み茶碗を見ていた。

「あの、昨日は、すみませんでした」

私は、もう謝っちゃえと思って、頭を下げる。女将は表情を変えずにしゃがみ込むと、私の湯呑み茶碗を取り、置いてあった急須から新しいお茶を注《つ》いでくれた。

「ありがとうございます」

「本当に、すみませんでした」

鈴木くんが遅れて謝る。すると女将は急須を置き、彼の顔を見た。

「私も、昨夜は言い過ぎたと反省して、謝ろうと思ったのですよ。どうも、申し訳ございませんでした」

頭を下げられ、私たちは萎縮した。だけど同時に少しほっとした。

隅っこの上梨田先輩をちらりと見ると、ひとりだけふてくされたように違う方向を見ている。女将も特に息子のほうを見るでもない。私たちはなんとなく板挟みだ。

「あの、私は、この旅館に泊まらせてもらって、よかったと思っています。お食事もおいしいし、お風呂も最高だったし」

私は女将に向かってとりとめもなく話しはじめていた。なんだか言い訳みたいだ。

「で、それはやっぱり上梨田先輩と知り合えたからであって。そのー、私と上梨田先輩は年がすごく離れているんで、先輩が大学に残っていなかったら出会えていないわけで……」

「つまり、誠士郎の留年のおかげで、ここにこれたと?」

女将は冷たくも聞こえる口調で言った。

「ちょっと、亜可美！」

私の腕を小突く星加。……しまった。やってしまった。

だけど女将は、意外にも笑みを浮かべていた。

「私には無駄に思えた留年が、あなたには無駄ではなかったってことですね」

「いえ……」

気まずく返答しながら、女将のこの言葉が、頭の中を巡った。

「まあ、それでこの宿を楽しんでもらえたのなら、私としてもよかったということでしょうね」

無駄に思えたものが、無駄じゃない。

……あの、三枚の扉？

「亜可美、ちゃんと謝りなよ」

星加を無視して、私は弾かれたように立ち上がり、「ごちそうさまでした」と女将に頭を下げると、そのまま廊下に飛び出した。

「ちょっと亜可美！」

「亜可美ちゃん、おつりは？」

背後で星加と縁側先輩が呼び止めたけれど、それどころじゃなかった。……確かめたい。

今すぐ。

6. そして扉は開かれた

離れにやってきた私は、息を整えながら回廊に上り、①と②と③のドアを交互に眺めた。①のドアはコンクリートで壁に接着されている。②のドアはこちらからは見えないけれど、内側から「×」状に板が釘で打ち付けられている。③のドアもかすがいで同じように……。

「亜可美！」

星加と鈴木くんが追いかけてきた。

「すごい勢いで走っていっちゃうんだもん、びっくりしたよ」

「何か、気づいたんですか？」

二人は息を整えながら回廊に上がってくる。

「この三枚のドア、なんでついてるんだろう？」

「え？」

私の質問の意味が、二人にはわからなかったようだった。

「これ、壁でよくない？　どうしてわざわざドアになってるの？」

「それは数合わせでしょ？」

「ねえ、二人のうち、どっちかでも、この三つのドアが開くかどうか、確かめた？」

星加と鈴木くんは顔を見合わせて首を振る。

「だって、どう考えても開かないでしょ。この三つのドアは」

「やってみよ」

私は①のドアの取っ手を摑み、そして、思い切り引いた。

「え？　え？……ええっ？」

星加が大声を上げながら、後ずさりをする。

「これは！」

鈴木くんも驚きを隠せない様子。私も信じられない気持ちだった。

力はそこまで加えていないけれど、ゆっくりとこちらに向けて、「扉」が開いてきたからだ。だけどそれはもちろん、コンクリートで壁と接着された「①のドア」じゃなかった。

——動いてきたのは、壁全体だった。【見取り図2参照】

それはまさに大きな一枚の「扉」だった。壁の端の、丸木が段違いに組まれている部分から①のドア、そしてまた壁、②のドア、また壁、③のドア。そして外開きの③のドアの蝶番がそのまま機能している。

丸太の継ぎ目がそのまま扉の継ぎ目になっていたから、ここが開くなんて気づかなかったのだ。

三枚のドアがコンクリートやかすがいや板で丸太の壁とつながっているからこそ、この

見取り図2

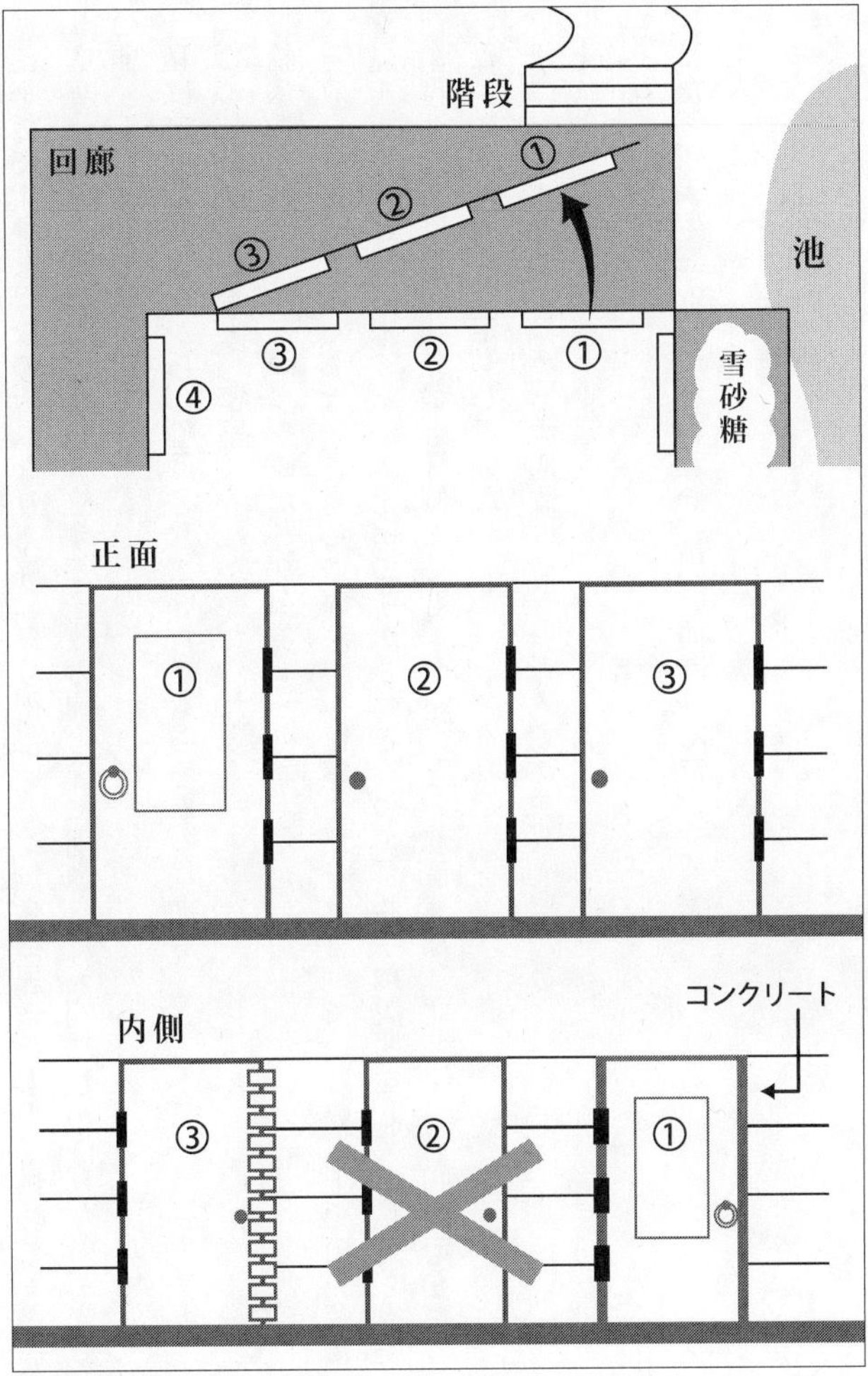
階段
回廊
①
②
③
池
③
②
①
④
雪砂糖
正面
①
②
③
コンクリート
内側
③
②
①

壁は全体で大きな一枚の板になり、扉になり得ている。無駄に思えたものが無駄じゃない、扉と壁と扉と壁と扉と壁から成立する一枚の扉。扉に固執した人間にしか作れない、究極の扉。……扉は十三枚じゃなくて、十枚だったのだ。

私は自分で開きながら、啞然としていた。もちろん、星加も。

「この部屋、もともと、密室じゃなかったんだ……」

鈴木くんはぽつりとつぶやいた。

そういえば、先輩たちは一言もこの離れが「密室」だとは言っていない。上梨田先輩に意見を求められた鈴木くんが「密室ですか？」と尋ねて、勝手に説明をして、私たちもただ納得しただけ。左門先輩も縁側先輩も「密室」という言葉は一度も使わず、否定もしていなかったけど、肯定もしていなかった。

そこに気づければよかったのか。いや、そんなの無理だって。

それにしても……。

「ヘンな建物！」

私たち新入生三人は声を合わせ、思い切り叫んだ。

お母さんへのお土産もしっかり買ったし、抜かりはない。

風は肌寒いけれど、春の陽光はしっかりとこの福島の温泉郷にも届いているようだった。

最寄りのJRの駅までは一日数本のバスでつながっている。今日初めの一本が、あと数分で来るはずだった。バス停は旅館のすぐ前にあり、次のバスに乗るのは、私たち「幹館大学ヘンな建物研究会」の六人だけのようだ。

「ねえ、誰かが初めにあの①のドアの取っ手をダメもとで引いていれば、答えは見つかったんじゃないの？」

私は二人に突っかかっていた。

「亜可美がカステラ取りに行った段階で気づけていれば、問答無用の歴代ナンバー1だったじゃん」

「無理言わないでよ。カステラがなかったことでパニックになってたんだから」

ともあれ、なんとかチェックアウトまでに答えを見つけることができて、本当によかった。

記録は十四時間。もちろん、歴代ワースト1の記録だ。でも他にいっぱい使えそうな扉がある状況で、見た目からいかにも使用不可能だとアピールしている扉に挑もうなんて、思いつかない。そうか。ミスリードって、そういうことか。それにしても、たった十分で答えを見つけた今の四年生って、一体どんな人たちなんだろう？

「先輩、女将に挨拶してきましたか？」

左門先輩が上梨田先輩に尋ねている。

「うるせぇな、左門。いいんだよ別に」

「一年ぶりの里帰りでしょ。ちゃんと、挨拶してきたほうがいいんじゃないですか」

上梨田先輩はまだふてくされている。……大人げない、なんて、単純に言えない。

バスが来る時刻まで、あと一分だった。

「ちょっと」

その時、聞き慣れた声がしたので振り返った。

女将と、中居の江美さんがこちらへ向かってくるところだった。上梨田先輩は慌てて目を逸らした。

「誠士郎」

女将は、上梨田先輩に近づくと、右手に持っていたビニール袋を手渡した。

「あんた、これ、好きだったでしょう」

その袋に入っている細長い箱が何だか、私にもすぐにわかった。私たちを一晩中混乱に追いやった、七雪温泉名物の温泉カステラだ。

先輩は驚いていたようだけど、「……おう」と、それだけ言った。

「まあ、あと一年、頑張りなさい」

そう言う女将の表情はあまり緩んでいなかったけれど、気持ちは先輩に伝わったはずだ。

江美さんが、少し離れたところで、私たちを手招きする。星加と鈴木くんと三人で、近くに寄った。

「昨日の夜のこと、さっき聞いたわ」

「あ、すみませんでした」

「ううん。私こそ、知らないでごめんなさい。……でも女将も、あなたの涙を見たおかげでちょっと誠士郎兄さんのことを考えなおしたみたいで。あの二人がしゃべってるの、久しぶりに見たわ」

私はまた恥ずかしくなった。江美さんは、そんな私の肩に手を置いてくれた。

「先輩たちは何とおっしゃるかわからないけれど、私にとってみなさんは、今まで兄が連れてきた中で、最高の新入生でした」

「え？」

「あの部屋の十枚目の扉を開けるのは一番遅かったけれど、私にも開けられなかった扉を開けてくれたでしょ」

そして江美さんは、私たち三人の顔を見回して、素朴ながら魅力的な笑顔を見せた。

「母と兄の、心の扉よ」

振り返ると、上梨田先輩と女将は、言葉少なながら、照れくさそうにしていた。そんな二人の目元がそっくりで、この二人はやっぱり、母子に間違いなかった。

「上湯館は、みなさまのまたのお越しを、心よりお待ちしております」

江美さんが深々と頭を下げたその時、ぷわぁぁあと音を鳴らしながら、土産物屋の角を曲がってバスがやってきた。


窓の外で手を振る二人は、すぐに小さくなっていった。

私たち六人しか乗客のいないバスの車内は、しばらくしーんとしていた。温泉郷はすぐさま遠くなり、山の中の道をゆらゆらと揺れながら、バスは行く。

上梨田先輩は私のすぐ前に座り、隣の左門先輩と一言も言葉を交わさずにずっと窓の外を眺めていた。六年前、幹館大学に進学が決まって、初めてあの温泉郷を離れて東京に向から時も目に映っていたであろうその景色を眺める先輩の目は、少し赤くなっているようにも見えた。

——東京に帰ったらバイトして、お母さんに一万円、返そう。そして来年は、自分のお金で合宿に来て、先輩のお父さんが作ったあの部屋で、温泉カステラを食い散らかすんだ。

私は先輩と同じ福島の山々を眺めながらそう思った。

冬の忘れ物の雪が解けてこの景色が緑に覆われるのは、そう遠くなさそうだった。

第二話「アゲサゲ式1Rマンション、ひきこもり夏物語」

1. 赤ずきんちゃん、塩つけて

幹館大学ヘンな建物研究会、通称「ヘンたて」のたまり場は、十七号館一階の学生ラウンジの一角だ。ガラス張りの、二十五メートルプールくらいの広さの空間には何組かの長椅子とテーブルがあり、学生はもちろん、誰もが自由に使うことができる。その中の、自動販売機からもっとも離れた隅っこのテーブルを、伝統的に（とはいっても七年くらいだけれど）占領しているということだった。

占領っていっても、たとえば授業がない時間帯などにやってくるとサークル員の誰かがいて、なんとなくおしゃべりをする、という程度のユルいもので、別にサークル員以外の誰かが座っていても文句を言えない。

私と星加は連休明けの五月六日、午前の授業が終わったあと、売店で待ち合わせてバゲットサンドを買って、そのラウンジに向かった。左門先輩から招集がかかったためだ。

「ねー、ゴールデンウィーク、どっか行った?」

「バイトだよ、バイト。お金貯めなきゃね」

私は五月から、家と大学の間にある駅のカフェでバイトを始めていた。時給八百四十円で、週に二回だからそんなに稼げないけれど、連休は稼ぎ時と張り切った。来月の給料日が楽しみ。

「だよねー」

とか話しつつ笑いつつ、ラウンジが近づいてきた。

私たちの足が止まる。

知らない男性の先客がいた。

小柄で、縁なし眼鏡をかけたその顔は童顔ながらどこか利発的で攻撃的。しかも、かなりインパクトのある格好だ。白い無地のワイシャツに黒いベスト、紫色のパンツ。そしてその上に、真っ赤なフードつきダッフルコートを羽織っている。

片手に食べかけのゆで卵を持ち、もう片方の手で『哲学概論』なる小難しい本(教科書?)を開いて睨み付けている。テーブルの上にはアルミホイルで作られた小さなお皿。

その横に「財団法人　塩事業センター」の赤キャップの食卓塩。

なんとなく萎縮しながら、私と星加は、テーブルを挟んで赤ずきん男の前に並んで腰を下ろした。

と、その時、

どさり。

「……くだらない」

教科書を投げ出してそうつぶやくと、彼はアルミホイル皿の中の塩をゆで卵につけ、丸ごと口に入れて天井を見上げ、もぐもぐやった。テーブルの上に他に食べ物が出されていないところをみると、これで彼のランチは終了だろうか。

「あの」

星加が話しかける。本当に物怖じしない性格だ。赤ずきん男はちらりと私たちに目線を移す。

「ひょっとして、鰺村先輩ですか？」

星加の口にしたその名には、確かに聞き覚えがあった。「ヘンたて」における、左門先輩の唯一の同期。上梨田先輩の旅館の離れの謎を深夜二時に解決した人物。そして目下のところ、というか史上初の、他大学のサークル員。なんと、某日本最高学府の国立大学の学生だそうだ（私と星加はそんな大学の名前を口に出すのもおこがましいので、ひそかに

「トゥー大」と呼んでいる)。彼がなんでわざわざこんなよくわからない私立大学のサークルに入ろうと思ったのかはロズウェル級の謎だと、左門先輩も上梨田先輩も言っていた。

「そうですが」

彼は目を逸らしながら応えた。

「あ、私たち、新入生なんです。私は伊倉星加。こっちは、中川亜可美」

はつらつと自己紹介をする星加。私は横でひょこっと頭を下げるだけだ。

「どうぞ、お見知りおきを」

「そう……」

彼は一向に私たちと目を合わそうとしない。この、頭がいい人特有のよそよそしさ。それにしても、なんで五月初夏のぽかぽか陽気の季節に、真っ赤なダッフルコートなんか着てるんですか?……って、尋ねたいけど、聞いちゃいけないオーラがもりもり出ている。「おばあちゃんのお口は、どうしてそんなに大きいの?」くらい、聞いちゃいけない質問だ。

よそよそしさの醸し出す沈黙の中、鯵村先輩は赤いダッフルコートのポケットからチョコレートバーを出した。そして器用に外紙を剝くと、アルミホイル皿の中の塩にちょんちょんとつける。

「チョコに塩、つけるんですか?」

星加は目を丸くしたが、すぐにぽんと膝を叩いた。

「あ、なるほど。塩スイーツってことですか」

いや、そういうことじゃないと思うけどな……。鰺村先輩はそんな私たちを無視してもぐもぐとチョコレートバーを噛みながら、再び『哲学概論』に手を伸ばした。うーむ。きっとこの人の「哲学概論」と、私たちが毎週木曜二限に取っている授業の「哲学概論」には、雲泥の差があるんだろうなあ。

そういえば、この連休のバイトに忙殺されている間に忘れていた。

鰺村先輩を今日呼ぶのだと左門先輩が言っていたのを、ようやく思い出した。


私と星加と鈴木くんの三人は、福島での新歓合宿が終わったあと、「ヘンたて」に正式入会した。星加は例の旅行サークルは断ったようだ。

そして、話は三連休直前、五月二日の夕方のこと。

私と星加と左門先輩は、授業後、品川にある鈴木くんの自宅に招待された（縁側先輩はなんだか用事があるようでパス。上梨田先輩はようやく就活セミナーに行く計画を立て始めたところだから、遊びに誘っちゃダメだという不文律が、私たちの中にできつつある）。

両親がヨーロッパ旅行で不在なのでぜひ来てほしいというのだ。ヨーロッパ旅行っていう時点で「ひょっとして鈴木くんの家って金持ち？」と三人で話し合っていたのだけれど、行ってみてびっくり。そこは、引いてしまうぐらいの高級マンションだった。オートロックのモニター付きインタホンシステムの前であたふたしながら鈴木くんを呼び出すと、なんとかプリンスホテルみたいな荘厳な自動ドアがぐいーんと開いた。広々としたスペースにフロントまである。

やばい、ととっさに思った。もっとちゃんとした格好をして来ればよかった、ちょっと破れたジーンズなんか穿いてたら、止められちゃうんじゃないの、なんて心配しながら黒光りするエレベーターに乗る。星加一人だけ「すごいすごいすごい」とはしゃいでいたけど、私も左門先輩もどぎまぎして一言もしゃべらず、ちーん！　二十三階。絨毯の敷かれたセレブ感あふれる廊下を右往左往して、二三四四号室にたどり着いた。

「ようこそ」

黒いドアを開けて顔を出したのは、まごうことなき鈴木くん。いつもどおり、青のチェックのネルシャツの第一ボタンだけを控えめに外している。

リビングに通された。窓の向こうには夕闇の都会の風景が広がっている。ガラス製の大きなテーブル、ど真ん中にはスタイリッシュな花瓶に可憐な花が活けてある。

「うわ、ランチョンマット！」

星加がはしゃぎながら、テーブルの上に敷かれていた布をつまみ上げる。

「ランチョンマットって、使わないしね普段、ランチョンマット！」

もう、「ランチョンマット」って言いたいだけでしょ、とたしなめながら、私はテーブルに着いた。左門先輩は私の正面にすでに座って眼鏡を拭きながら、目をぱちぱちさせている。

「すごいですね」

「ああ……」

「カレー作ったんで、食べてね。先輩も」

高級バーのようなカウンターの向こうのシステムキッチンから鈴木くんが話しかけてきた。合宿から帰ってきてからようやく、私たちには敬語をやめた。

「あ……うん」

場慣れしない私がどぎまぎしながら返事をする横で、星加は高級イスを前後に揺らす勢いできょろきょろしている。

「すごいなー、モデルルームみたい」

鈴木くんがカレーを運んできた。

「うわ！」

左門先輩が、あまり聞かない大声を出した。想像していたのとは違う、ど本格のインドカレーだったからだ。しかも三種類。

「これがキーマ、こっちがチキン、そしてこれがマトンです」

「全部、鈴木くんが作ったの？」

私は驚きっぱなしだ。鈴木くんはうなずきながら、ナンを運んできた。

「僕、〝本格カレー〟を作るのが趣味なんだよ。本当はタイカレーのほうが好きなんだけど、今日は北インドのカレー」

「へー」

なんだか、鈴木くんは当初のイメージをどんどん払拭している。

「でもほら、母親がいるときは、なかなかキッチンを使わせてもらえないから。こういうときにしか、大々的に作れなくて」

嬉しそうだ。いいなー、こんな趣味があって。

「辛い。けど美味しい。本格って感じ」

いち早く食べ始めている星加が感想を述べる。私はキーマカレーを。……うん、美味しい美味しい。でも、正直、ナンって食べづらい。

「鈴木、これはルーも作ってるのか？」

左門先輩が感心した調子で尋ねる。私と星加にはまだ気を遣って「さん付け」だけれど、男の鈴木くんに対してはすでに呼び捨てになっていた。

「はい。最近では、ガラムマサラも自分で調合するようになりました」

ふーん、ガラムマサラだって。よくわかんない。こっちのマトンカレーはちょっと辛め。お肉は大きいからナンに載っけないで直接食べてもよさそう。ご飯ないのかな。

「ねえ、鈴木くんって一体、何者なの？」

突然、星加が不躾《ぶしつけ》な質問をぶつけた。

「ひょっとして、お坊ちゃま？」

「いや全然。そんなに、由緒正しいお坊ちゃまではなくて……」

答えにくそうに目を伏せる鈴木くん。まあ確かに、旧大名家の華族出身のクラシック音楽好きの、って感じじゃない。趣味、本格カレーだっていうし。

「お父さんは、何をしている人？」

「公務員」

「公務員っていっても、こんなところに住んでいるんだから、普通の公務員じゃないだろう」

左門先輩が口を拭き、長い髪をさっと肩の後ろにやりながら尋ねた。

「はい、そうですね。その、官僚っていうやつです」

聞くと、中央官庁に勤めていた国家公務員だったようだ。昨年末に引退して宿舎を出ることになり、この品川のマンションを購入したのだという。次元の違う話。

ちなみに鈴木くんにはお兄さんが二人いるらしい。七つ上の長男は、お父さんと同じくキャリアの道をまっしぐら、すでに結婚して都内の公務員宿舎で暮らしている。

「二人目のお兄さんは？」

と私が尋ねると、鈴木くんはちぎったナンをそのまま皿の上に置く。

「今は……」

なんだか、答えにくそうだ。

「千葉の大学の四年生で、就職活動中」

別に普通じゃん。なんでこんなにテンションが落ちるのだろう？　そう思っていたら、
鈴木くんは意を決したように左門先輩の顔を見た。

「実はその、二番目の兄貴について、先輩に相談したいことがあって」

ただならぬ話が始まる予感がした。

「相談？」

「その……左門先輩。白状すると、僕がこの『ヘンたて』に入ろうと思ったのも、二番目の兄貴に関する個人的な謎がきっかけなんです」

謎、という言葉に左門先輩のジョン・レノン風丸眼鏡のレンズがキラリと光る。

「ということは、ヘンな建物に関係するということか」

「はい」

鈴木くんはうなずいた。

「あの兄貴が、どうしてあんなに綺麗な女性と結婚できることになったのか、その謎を解明してほしいんです」

学生結婚とヘンな建物。どうつながるの……？　と思ったけれど、そのあと鈴木くんの口から語られた話は、たしかに両方に関係する、不可解な謎だった。

「ほ、本当に？　そんな建物が、本当にあるのか？」

一人テンションが上がっているのは左門先輩だ。さっきまで落ち着いていたのに。

「これは写真に収めなければ、俺の気がすまない！」

トマソンだけじゃなくて、本当にヘンな建物が好きなんだなあと微笑ましくなる。こんなに夢中になれることがあるのは、素直に羨ましい。

左門先輩はさっそくこの「謎」の解明をゴールデンウィーク明けの活動とすることを決定し、同期の鯵村先輩を呼ぶから、彼の前でもう一度詳細を話すようにと、鈴木くんに頼んだのだった。

「ほーう」

鯵村先輩はついにフードを被り、赤いダッフルコートのポケットに手を突っ込んで左門先輩の顔を眺めている。表情は先ほどまでと変わらないけれど、声のトーンには、少し楽しそうな雰囲気が感じられた。

星加の横には、鈴木くんが座っている。左門先輩と鈴木くんの二人は、先ほど鯵村先輩がチョコレートバーを食べ終わるのとほぼ同時刻くらいにこのたまり場に現れた。

「面白そうな話だろ?」

左門先輩が言うと、赤ずきん鯵村先輩は返事をせず、口元にニヤリと笑みを浮かべただけだった。童顔のくせに、なんだか不思議な威圧感がある。

「じゃあ鈴木、鯵村にもう一度、お兄さんと結婚相手の話をしてもらっていいか?」

「はい」

鈴木くんは鯵村先輩のほうに向きなおると、私たちがこのあいだ聞いたのと同じ、お兄さんに関する謎を語り出した。

――鈴木善孝《すずきよしたか》さんという彼のお兄さんは、今年大学四年生になるのだけれど、高校時代からゲームにはまり始めた。部屋にこもりっぱなしでゲームばかりやっていた善孝さんは、ご両親が高い入学金を出して入れてくれた予備校にもさっぱり行かず、高校卒業に必要な単位さえ危ういという状況にまで陥ってしまった。

「あの頃、常に父と兄貴が喧嘩していたのを覚えています。高校は何とか卒業して、大学は千葉の、定員割れの四流大学に入りました。そして、一人暮らしを強いられたのです。

住んだところは、親父の古くからの知り合いの不動産屋がオーナーを務める物件で。これが、バブル期に造られた酔狂なマンションなんですよ」

「酔狂？」

日常ではあまり聞かない言葉の前に、鰺村先輩は興味を惹かれたようだ。

「はい。高さ百メートルの高層マンションなんですが、部屋数はわずかに九《ここの》つしかないんです」

「はあ？」

これには鰺村先輩も驚いたようだ。無理もない。私たちも初めて聞いた時はそうだった。

「しかも間取りは全室1R。にもかかわらず、家賃は月二十万」

「なんだ、その物件は？」

「これです」

鈴木くんはリュックからクリアホルダーを出し、中から一枚の紙を取り出す。不動産物件のチラシだった。この間は話に聞いただけで、私たちも実際の外観の写真を見るのは初めてだった。

ひゅうっ。明らかにテンションの上がった左門先輩が口笛を吹く。

〝メゾン・ド・アップダウン〟というそのマンションには、九つの部屋が並んでいる。そしてそのまま、はるか上空までレーンのようなものが伸びている。……部屋全体が、地上百メートルまで上昇するエレベーターになっているのだ。

鈴木くんの話によれば、このマンションはバブル期に、「至上の眺め、至上のセキュリティ、そして至上の洗濯物の乾きやすさ」というキャッチフレーズで造られ、売り出されたが、不況時代の到来以後、入居者が減って困っていた。つまり、鈴木善孝さんの千葉の四流大学への進学は、このオーナーにとっても渡りに船だったってことだ。

「これは、酔狂などではなく、もはや、諧謔《かいぎゃく》だ」

赤ずきん鯵村先輩はなんだか難しいことを言って笑っている。

「しかし、君のお父さんはよくそんな息子に月二十万もの家賃を出したな」

「いくらあの兄貴でも、自分の息子を安いマンションに住まわせるのはプライドが許さなかったのでしょう。そういう父なんです」

鈴木くんは答えた。

「兄貴はここへ入居後、大学一年、二年とろくに授業も行かず、たまに食料などを買いに行く時以外は部屋を最上部まで上げてゲームに没頭するというダメダメ生活を送ったのです」

地上百メートルの引きこもり。カッコいいのか悪いのかわからない。……いや、悪いか。

「もう彼の人生はお先真っ暗だと、両親も、一番上の兄貴もあきらめていました。僕もひそかに、善孝兄貴を見下していました。ですが」

と、鈴木くんは口調を変える。

「去年の秋ごろから、善孝兄貴は突然変わったのです。……恋人ができ、なんとその相手と、三月に結婚してしまいました」

「ずいぶん、急な話だな」

今はもう〝メゾン・ド・アップダウン〟を出て、彼女と別の場所で暮らしているそうだ。

「はい、僕もびっくりしました。あの引きこもり兄貴に恋人ができて、しかも学生生活をあと一年残して結婚だなんて！」

鈴木くんは柄にもなく興奮していたが、我に返ったように息を整えた。

「彼と、その結婚相手の接点は？」

鰺村先輩が尋ねる。

「彼女はマンションの、兄貴の隣……部屋が上下するので〝隣〟と言っていいかわかりませんが、兄貴が三号室、彼女が四号室でした」

「隣同士だから話くらいしたんじゃないの？」

星加が割り込む。こないだ、品川の鈴木くんの家でも同じところで突っかかっていた。

ふっ、と鰺村先輩が鼻で笑い、星加の顔を見つめた。さっきは敬語だったくせにもう高圧的な態度だ。

「君は、田舎の出身だろう」

「都会の引きこもりは、おいそれと隣人と接点を持ったりしない。いや、隣人だからこそ避けるのだ」

「え？」

その声には、何か確信が宿っていた。星加はムッとした表情だったけれど、鈴木くんが「僕もそう思います」と後を続けたので口をつぐんだ。

「だいたいあの兄貴が、女性と話をするなんて想像できません。話しかけられても無視をするはずです」

鯵村先輩は見えない鈴木善孝さんに同意するように、フードの中で不気味にうなずいた。

「どうだ鯵村、面白い建物だろう。行く気になったか？」

左門先輩が尋ねる。すると鯵村先輩は、落ち着き払って、冷たい返事をした。

「左門、君は相変わらず、『現出』そのものにしか興味がないようだね」

彼の目の前には、『哲学概論』。

「感覚的な『現出』は人間の『志向性』によって『現出者』として知覚される。自明であるように見える『現出』を疑い、それに『志向性』を発揮して再度アプローチしていく人間の姿そのものに哲学的な価値を見出そうと、君は思わないのか」

私たち一年生三人は、ただただぽかんとしてそれを聞いていた。哲学。存在について思いを巡らす、至上の学問。この先輩にぴったりだ。

「ヘンな建物それ自体は『現出』にすぎない。僕はその対象に人間だけが持ちうる『志向性』を通して『現出者』を知覚する実践を目的として参加しているんだ。これが、現象学さ」

赤ずきん鰺村先輩は縁なし眼鏡のレンズをずりあげ、恍惚たる表情で演説を締めくくった。左門先輩は苦笑する。

「ごめんな、みんな。こういうやつなんだ」

かくして、たぶん心を通わせあうことができないであろうこの難しい先輩と、千葉の臨海部にあるエレベーター式ワンルームマンションを見に行くことになった。日程は次の日曜日に決まった。

2. アゲサゲ式1Rマンション

午前十時。東京駅から京葉線に乗って千葉方面へ。なんだかやたら混んでいたけれど、舞浜駅を過ぎたらそうでもなくなった。みんな目当ては夢の国。赤いダッフルコートだなんて一番それっぽい格好をしている鰺村先輩はそのまま乗車だけど。

メンバーはこの間と同じだ。上梨田先輩には声をかけない。縁側先輩は、左門先輩が声をかけたらしいけれどやっぱり今回はパスするようだった。

「たぶん、彼氏と会うんだろう」

縁側先輩は、バイト先で知り合った社会人の彼氏と付き合っていて、デートは日曜日にしかできないというのだ。社会人と付き合うだなんて、私には考えられない。大人な雰囲気の縁側先輩だからこそできるんだと思う。

とにかく、私たちは五人だけで、千葉へ向かうことになったのだった。

車内が空いてから、鈴木くんが、兄・善孝さんの結婚相手についてしゃべりだした。

島袋礼央奈《しまぶくろれおな》。沖縄出身だけど、小学六年生の時に両親が離婚して母親の実家がある千葉に引っ越してきた。中学三年生のころモデル事務所にスカウトされて活躍し、その後千葉を中心にローカル番組なんかに出演するタレント活動も行なってきた。ちなみに「島袋」というのは父親のほうの姓だけど、そちらのほうがインパクトがあるという事務所の意向で芸名として続けて使っていたみたいだ。ブログの写真を見る限り、たしかに縁側先輩と同じくらい綺麗な顔立ちをしている。

島袋さんは二年前、十八歳のころに家を出て、事務所の指定する〝メゾン・ド・アップダウン〟に入居した。すでに鈴木くんの引きこもりのお兄さんが入居してから一年が経っていたんだって。

「つまり、鈴木くんのお兄さんの隣に島袋さんが引っ越してきたあと、二人は『隣人同士』としてすごしてきたっていうんだね？」

星加が尋ねると、鈴木くんはうなずいた。

「たぶん、そういうことでしょうね」

「その一年間は何にもなかったのに、去年の夏になって突然、接近したっていうこと?」

「不思議だな」

赤いフードの中で、鯵村先輩がつぶやく。私と星加はその顔を見つめた。

「まずどうして所属事務所は、島袋礼央奈女史にそのマンションに住むように言ったんだ? 女史、って言葉使うの? モデル相手に?」

「千葉での活動がメインだから、下手に都内に住まわせるよりは、という配慮ではないでしょうか」

「そうじゃない。なぜ、家賃二十万もするそのワンルームだったんだ?」

「ああ、実は彼女、以前ストーカー被害に遭っていたらしいんですよ。それで、一人暮らしが怖いと言っていたので、思い切ったセキュリティの物件ということで選ばれたようです」

たしかに、地上百メートルに上昇する部屋というのはセキュリティ的には万全だし、洗濯物を盗まれたりすることもないだろうけど、斬新な発想だと思う。

「まあいいか……」

「あっ」

突然、長い席の隅に座ってケータイをいじっていた左門先輩が声をあげた。

「彼女、昨年の七月にお祖母さんを亡くしているみたいだね」

「ああ、そういえばそうでした」

鈴木くんは左門先輩のケータイを覗き込む。星加もケータイを取り出して、いろいろ操作し始めた。

彼女の公式ブログにはたしかに、昨年の七月二十日の日付で、二日前に祖母が亡くなり、お葬式に参加してきたこと、かなりショックを受けもしたが、今後もファンのみなさんのために頑張っていきたいという内容のことが書いてあった。

「頻繁にブログ更新をする彼女が、この前後はあまりしていない。きっと、ふさぎ込んでいたんだろうな」

「その時期に、お兄さんと何かあったんじゃないの？」

そう尋ねる星加に、鈴木くんは首を振った。

「兄貴に限って、絶対に女の子を慰めるなんていうことはないし、そもそも自分から隣の住人に話しかけるなんてことはありえないよ」

「なんてったって、引きこもりだもんね」

星加が言った、その時だ。

「おい左門、これ、どうやるんだ？」

鰺村先輩がいつの間にか自分のケータイ（七、八年前の、二つ折りの機種）を取り出し、同じく島袋さんのブログを表示しようとして四苦八苦していた。

「僕は普段、携帯電話でインターネットサイトを『現出』させることをしないから、操作がわからないんだ」

また『現出』という言葉。一体、なんなのだろう。

「俺も見てる最中だから、中川さんに聞いてくれ」

私は左門先輩に「この先輩と話を合わせるのはちょっと無理です」というサインを表情で送ったけれど、気づいてくれなかった。

「ちょっとちょっと」

鯵村先輩が手招きしている。……しかたない。

私は先輩の隣に移り、横から操作の方法を教えてあげた。旧型のケータイだからか、接続にかなり時間がかかる。

「鯵村先輩、買い替えたほうがいいんじゃないですか？」

私は恐る恐る、そう提案してみる。

「そのたびに新しく料金を取られるだろう。携帯電話会社の思うツボだ」

頭のいい人の理論だ。こういう人、高校のクラスにもいた。

「おお、出てきた」

七月二十日、祖母が亡くなったという内容が表示される。鯵村先輩はそのまま、日付をさかのぼっていった。

しばらく、京葉線に揺られながら沈黙が続く。

「あれ？」

鰺村先輩の不思議そうな声。

「どうしたんですか？」

「この亡くなったおばあちゃん、六月にそのマンションに来ているみたいだな」

鰺村先輩の持っているケータイの画面を覗き込むと、たしかにそんなことが書いてあった。それよりも、先輩が「おばあちゃん」というかわいい単語を口にしたことのほうが気になる。

「ああ、そうです。沖縄の人で、元気だったようなんですけど、去年の七月、突然倒れたらしいんですよ」

鈴木くんが補足する。……そんな事情まで知ってるのに、どうして二人のなれ初めは知らないんだろう。

疑問を抱えつつも鰺村先輩の手元のケータイを覗き続けた。

「おばあが来たョ☆（*^。^*）」というタイトルの記事。日付は六月十三日。沖縄から来たおばあちゃんが、沖縄時代を懐かしがっていないかと、名物のお菓子をたくさんと、紅型《びんがた》や、ゴーヤの種や、泡盛まで持ってきてくれた、ということが書かれていた。未成年なので泡盛はおばあちゃんに持って帰ってもらいましたー、とのこと。

鯵村先輩は何かひっかかったようで、考え込みながらブログの日付をさらに追っている。仕事の記事の合間を縫って、おばあちゃんが持ってきてくれた沖縄名物を堪能する記事が数日続いていた。紅型を羽織っている島袋さんは綺麗だ。さーたーあんだぎー、おいしそう。紅いもクッキーも、おいしそう。数日後には、ゴーヤの種が植木鉢の中で可愛らしい芽を出していた。

私はふと、ケータイの画面から鯵村先輩の横顔に目を移す。やっぱり、童顔。少年と言うより、髪の毛を伸ばせば少女に見えなくもない。どうして、赤いダッフルコートなんか着ているんだろう。

電車はその後数十分して、目的の駅に着いた。


その建物は確かに、一つ一つの部屋がエレベーターになっていた。

上下させるためのスイッチは部屋の内部にあるボタンと、キーホルダー式のリモコンが一つ。つまり、外に出てリモコンのスイッチを押せば、自動的に部屋は上昇していく仕組みになっている。好きな高さで止めることができるけれど、たいていの入居者は百メートル上空まで上げるそうだ。これで、セキュリティは万全。

それにしても贅沢だ。これだけの敷地、これだけの規模の建物を建てながら、わずか九部屋しかないのだから。〝メゾン・ド・アップダウン〟。冗談みたいな好景気の時代に、冗談みたいなコンセプトで建てられた、冗談みたいな名前のマンション。【見取り図1参照】

「それでは、こちらが空いている部屋ですので」

不動産屋の高橋さんはにこやかに言った。髪が薄くなった、だるまみたいな体型のおじさん。鈴木くんが事前に話を通しており、マンションの前で私たちを待っていてくれたのだ。この三月まで鈴木善孝さんが住んでいたものの、彼が退去してからまだ借り手が見つかっていない三号室だ。

暗い、というのが第一印象。

というのも、ワンルームのその部屋にはベランダつきの大きいガラス戸があるのだけれど、その数メートル前に十階建てのビルが建っていて、完全に光が遮られているからだ。ベランダの手すりからビルまでの間は、本当に人が一人通れるくらいの細い路地しかない。

「暗い、と思ったでしょう？　でも、上げればすぐに明るくなりますからね」

招かれるまま、私たちは部屋の中に……と、一人、入ってこない人がいた。

「どうした、鰺村？」

首からいつの間にか虎の子の一眼レフデジカメをぶら下げていた左門先輩が、声をかける。

「僕は、高みというものに意味を見出さない」

「何、言っているんだ？」

「この一件の『現出者』は、高所に上ることによって得られる『現出』からは見出されるものではない。僕は、高いところには上らないと言っているんだ」

だんだん興奮して、早口になっていた。

あはっ、と笑ったのは星加だった。

「先輩、ひょっとして、高所恐怖症とか？」

「……とにかく、下で待っている」

鰺村先輩はさっさとドアを閉めた。星加はケラケラと笑い、その後ろで、左門先輩も口元に手を当てて苦笑していた。せっかく千葉まで来たのに、上らないなんて。なんだか難しいことを言っているけれど、かわいいところのある先輩だ。赤ずきんちゃん。

「よろしいでしょうか？」

不動産屋の高橋さんは一応確認して、鰺村先輩が閉めたドアの鍵をカチャリとかけ、私たちのほうへ戻ってきた。

あらためて部屋の中を見ると、十畳くらいの広さがある。まあ広いかなと思ったのはきっと部屋の中に何も置いていないからで、ベッドを置いて、本棚を置いて、テーブルを置いて、簞笥を置いて、っていろいろやったら、やっぱり余裕がなくなるなあ。私は実家暮

見取り図1

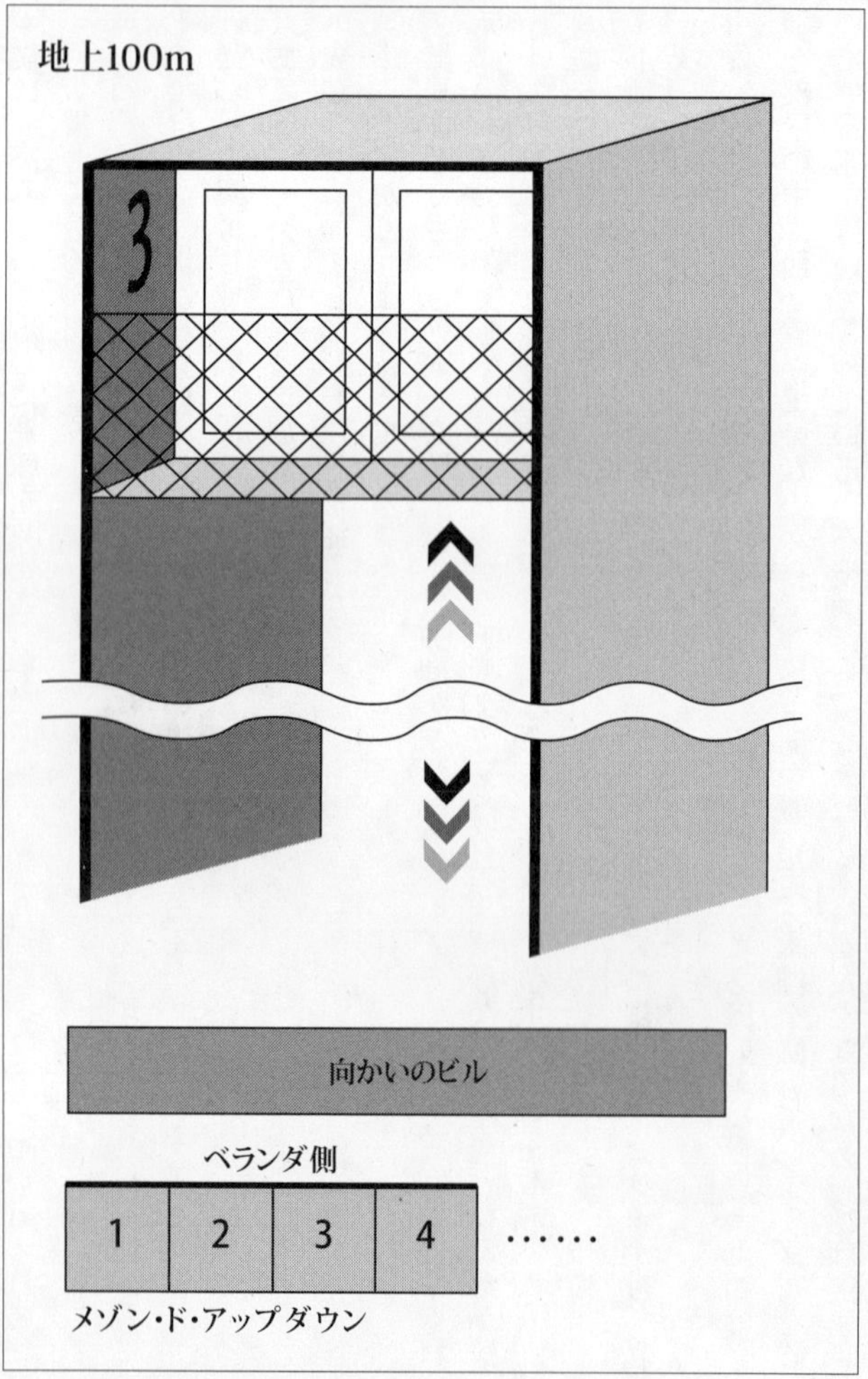

らしだからお部屋の相場はよくわからないけれど、これで一か月二十万円というのは確かに高い。

「これが部屋を上下させるボタンです」

インタホン受け答え用のモニターの横に、▲■▼のボタンがついている。そして高橋さんの右手にはまったく同じマークのボタンが取り付けられた、ケータイより少し小さいくらいのリモコンが握られていた。

「それでは、上にまいります」

エレベーターガールのセリフをおじさんの口調で言うと、高橋さんは壁の▲ボタンを押した。

ちゅいーんという音が二秒ほどしたかと思うと、部屋は上昇し始めた。私たちは立ったままだけれど、ほとんどストレスは感じない。デパートのエレベーターに乗っている感覚と同じだ。

「おお、すごい」

左門先輩がベランダに近寄り、カメラを構えて、カシャリ。

部屋は上昇していた。数メートルの距離にある隣のビルの窓がどんどん下へと通り過ぎていく。

「ちなみに、このボタンを押すと、好きなところで止めることができます」

高橋さんは言って、■のボタンを押した。部屋はすーっと速度を緩めて止まった。

「あ、止め方はいいです。どんどん上げちゃってください」

「そうですか」

左門先輩に促され、高橋さんは再び▲を押す。部屋は上昇し始め、やがて隣のビルの屋上も越え、急に視界が開けた。

「おおー」

星加と鈴木くんが声を合わせてベランダに出る。風が入ってきた。

外には五月の晴天が広がっている。ウォーターフロント千葉市のオシャレ住宅街と、その前に広がる東京湾。いい景色。

が、私はベランダに出る気にはなれなかった。……鰺村先輩ほどじゃないけれど、やっぱり高いところは怖い。景色を楽しめるように（あるいは風通しのため？）だろうけれど、手すりの格子はフェンスのように斜めに互い違いになっていて、向こうが丸見えだ。左門先輩、星加、鈴木くんの三人はすっかりはしゃいで、ベランダから下を眺めている。

「これ、どこまで上がるんですか？」

「地上百メートルに到達したら、ひとりでにストップします。つまり、入居者の方は帰宅後、すぐにこのボタンを押して、部屋着に着替えたり、エアコンのスイッチを入れたりと、くつろぎモードを作りますよね。テレビのスイッチを入れて、冷蔵庫からビールを出して、座椅子やなんかに腰かけてホッと一息。その瞬間にはもう窓の外には地上百メートルからの夜景が広がっているというわけですよ」

淀みなくしゃべる高橋さん。

「西向きなので日中はご覧の通り、東京湾も見えますしね。ほら、神奈川のほうまで見えるでしょう？」

完全なる営業トーク。私は、気になっていたことを尋ねる。

「入居者は外出中、この部屋を百メートルの高さまで上げておくんですか？」

「それぞれですが、セキュリティのために上げておく方が多いですね。外に出た後、このリモコンで操作できますので」

「帰ってきた時はどうするんですか？　わざわざリモコンのボタンを押して、部屋が降りてくるのを待っているんですか？」

高橋さんはにこやかに笑って首を振った。

「二分ほどで降りてきますので、マンションへの道すがら、その時間を考慮してボタンを押せばいいのです。このリモコンの電波はだいたい百メートルくらいまでは届くようになっていますので」

なるほどねー、うまくできてる。……ふと、ドアのほうを振り返って、背筋が寒くなった。

「あの！」

「はい？」

「たとえば、たとえばですよ。百メートル上空で目が覚めて、寝ぼけちゃっていて……」

「寝ぼけ？」

高橋さんは怪訝な顔をしていた。

「たとえば、寝ぼけていて、そのまま朝の散歩でもしようかなって、そのドアを開けて外に出ちゃったらどうなるんですか？」

考えるだけでも恐ろしい。寝ぼけたまま、転落の等加速度運動。高校物理の教科書が頭の中でぺらぺらとめくられていく。恐怖の自由落下。残酷な公式 $x = v_0t + \frac{1}{2}at^2$。自分がいかに愚かな行為に及んだのかに気づくのは t の値がいくつの時なんだろう。そして $x=0$ になる時、ああ……。

「大丈夫ですよ」

高橋さんは笑っていた。

「このドアはセンサーにより、部屋が完全に地上についている時にしか開かないようになっています」

「え？」

「しかも、上昇したとき向こう側はすぐ壁です。もし開くことがあっても、すぐに引っかかってしまって、物理的に人間が通り抜けられるほどの隙間は生まれないはずです。そうじゃなければ、転落事故が起こる可能性がありますからね」

ホッと胸をなでおろす。余計な心配だった。

そんなことをしゃべっているうちに、部屋の上昇速度は落ち、ぴたりと止まった。窓の外はもう、臨海都市を一望できる景色だ。ベランダでは左門先輩が、ピースをしている星加と鈴木くんのツーショットを撮影している。……そのカメラ、ヘンたて用じゃないんですか？

「兄貴のやつ、こんないい部屋に住んでいたのか」

絶景に慣れてくるや、鈴木くんは部屋の中に戻り、星加に愚痴を言い始めた。左門先輩だけ相変わらずベランダに出たまま、いろいろ調べている。

「しかも、上昇したときあの兄貴のことだからこの景色になんか目もくれず、カーテンを閉め切って、ずっとゲームに没頭していたにちがいないよ」

「そうかなー」

星加は首をひねったけれど、鈴木くんは譲らなかった。

「実は兄貴も、ブログとまではいかないまでも、ウェブ上で日記というか、記録をつけていたんだ。プレイ時間がすごいことになっている」

「そうなの？」

鈴木くんはケータイを取り出し、操作した。やがてそのディスプレイには、白いバックにテキストの羅列という、まったくもって無味乾燥なページが現れた。


6月19日、ｊｓ順調、ｒ78、ｂ134、ｙ5、ボウフラ1002／男13人、女30人／通算9060時間

6月20日、ｊｓ順調、ｒ70、ｂ209、ｙ8、ボウフラ908／男40人、女5人／通算9073時間

6月21日、ｊｓ順調、……


「なにこれ？」

星加が眉をひそめる。

「兄貴が特にハマっていたゲーム。『モスキート・ファーム』って、知らない？」

知ってる？　というように星加は私の顔を見た。私は首を振る。もともと、ゲームには

興味がない。

「モスファーだろ、一部でカルト的な人気を誇っているゲームだ」

ベランダから戻ってきた左門先輩が説明を始めた。

モスキート・ファームは、簡単に言うと「蚊を育てて商人に売りつけてレベルアップする」ゲームなんだそうだ。蚊って言っても、そこら辺に飛んでいるかわいい（かわいくないけど）蚊ではなく、ボウフラの段階ですでに体長一メートルを超えるおどろおどろしいモンスターモスキートだ。成虫になると赤、青、黄のいずれかになる。一番レアな黄色はさらに大事に育てると、商人に高く売れるモンスターモスキートに成長する（ｊｓっていうのは「ジェリアサーベルモスキート」という、それこそ数か月単位で育てなければならない超レア蚊で、善孝さんはその育成に夢中だったわけだ）。蚊たちを養ったり、さらに卵を産んでもらってボウフラを増やしたりするには人間の血液が必要になるため、赤や青の「戦士蚊」を駆使して街から人間をさらってくる。男13人、っていう記述は、その日さらってきた人数を表しているのだろう、と左門先輩は言った。

「さらわれた人間たちはどうなるんですか？」

「そりゃ、蚊たちが生活している小屋に突き落とされて、血を吸われるわけさ。一部だけ吸わせて生き延びさせるという方法もあるらしいが、たいていの場合はそのまま失血死だな」

いやっ。左門先輩の癒し系の声で、こんな話聞きたくない！

「なんですか、その気持ち悪いゲーム」

星加も顔をしかめていた。

「ああ、人間をエサにするっていう部分が引っかかって、発売禁止目前までいったという逸話もあってね。それがかえってマニア人気に拍車をかけた。レアなモンスターモスキートのデータは、現実世界においても数万円で取引されているっていう話だよ」

「詳しすぎません？　ひょっとして先輩もやってるんですか？」

「いや、俺は。だが以前、沙羅とこの話になって教えてもらった」

「縁側先輩が!?」

私も驚いたけど、隣で鈴木くんのほうがもっと驚いていた。

「沙羅の、去年付き合っていた彼氏がハマっていたらしいよ」

縁側先輩はたしかに、恋多き女っていう感じがしないでもない。だけど、こんなゲームが好きな男の人と付き合っていたなんて……。

「あの」

誰かが、話を遮った。

「そろそろ、下げてもいいでしょうか？」

高橋さんが、困ったような顔をして、私たちのほうを見ていた。大学生たちのゲームトークには、まったくついていけないようだった。

「ああ、そうだ、高橋さん」

左門先輩が外を指差す。

「少しだけ気になったことなのですが、四号室には今、どなたかが入居しているんですか？」

四号室。この部屋の隣の、島袋さんの住んでいた部屋だ。

「はい。この四月から」

「今ちょっと隣を見たら、この部屋より二メートルほど低いところで止まっているようなのですが」

するとと星加もうなずいた。

「私もそれ、気になってました」

ベランダに出ていない私はわからないので、恐る恐るガラス戸に近づき、首だけ出して、右隣りの四号室を見る。すると、わりと近いところに隣の部屋はあったけれど、左門先輩の言うように、ベランダの格子状の手すりが二メートルほど下にあった。その部屋のベランダの庇が、ちょうどこの部屋の手すりと同じくらいの高さだ。

高橋さんは説明した。

「実は、このマンションを設計した建築家の美意識なのでしょうか、すべての部屋が最上階に上がった時に横一列にならないようになっているのです」

「そうなんですか」

「……ですが、今までクレームの対象になったことはありません」

まあ、ここまで高い位置に来れば、二メートルくらいの差は関係ないか。

高橋さんは、リモコンの▼を押した。

部屋は、すぐに下がり始めた。

3．鰺村ティータイムと仮説

カフェの中でも赤いフード付きダッフルコートを脱ごうとしない鰺村先輩は、目立ってしょうがない。彼はコーヒーカップの横にメモ帳を広げ、何やら図を書くと、正面に座って紅茶を飲んでいる私に見せてきた。難しい図かと恐れていたら、一個のサイコロの絵だった。

「君、ええと……」

「中川です」

こないだから三回くらい自己紹介している。朝も京葉線の車内でケータイの操作方法を教えてあげたのに。なかなか他人の名前を憶えようとしないのは、頭のいい人たちの悪い癖だ。

「これ、何の絵だかわかるかい？」

「サイコロ、ですよね」

「無論、サイコロだ」

この会話、意味があるのだろうか。同じテーブルについている星加も鈴木くんも首をかしげて私たちのやりとりを見ている。一番遠いところに座っている左門先輩は、注文したカルボナーラが一番遅くきたので、まだ食事中。あの長い髪の毛、スパゲッティは食べにくそう。

「しかし実際に書かれているのは、三つの平行四辺形だとは思わないか」

「え？」

鰺村先輩が言ったので、私は再び、サイコロの図に引き戻された。

……ああ、まあたしかに、三つの平行四辺形。

「だけどそれは平面の上に立体を表現しようとしているからであって、こういうの、なんて言うんだっけ。そう、『見取り図』っていうやつです。小学校の算数で習いました」

「もし習っていなかったら、これをサイコロだとは思わなかったか？」

鰺村先輩は口元に笑みを浮かべていた。

「いや、思ったと思いますけど」

変な言葉遣いになってしまった。咎《とが》められるだろうかと思ったら、鰺村先輩はそこには突っかかってこなかった。

「今ここに書かれている平行四辺形の図が『現出』、実在の立方体のサイコロが『現出者』だ。君はこの平行四辺形の感覚的な図を見ただけで、実在の立方体のサイコロを知覚したわけだ。その働きかけを『志向性』と呼ぶ」

「はあ、そうですか」

なんだろう、褒められたんだろうか。星加も鈴木くんも、ぽかんとしている。

「この『志向性』に注目した学問こそ現象学だ。君がもし現象学を学んだとしたら、そのコーヒーカップでも哲学ができるんだよ」

「これ、紅茶ですけど」

「鯵村、そのへんにしとけ」

カルボナーラをフォークに巻き取りながら、左門先輩が助けてくれた。鯵村先輩は自分の前にあった、砂糖とミルクをこれでもかと入れた、見るからに甘そうなコーヒーをすすると、左門先輩のほうを向いた。

「なぜだ左門。これから僕は、鈴木善孝氏と島袋礼央奈女史が懇意になった秘密にアプローチしようとしているのに」

「え？」

星加が、先輩の顔を見つめる。

「先輩、その謎、解けたんですか？」

「いや。君たちが地上百メートルに上っている間、僕が見ていたのは『現出』だけだ。具体的に言えば、これと、これ」

鯵村先輩が取り出したのは、以前鈴木くんが見せていた〝メゾン・ド・アップダウン〟の間取り図の書かれたチラシ、そして、画面がすっかり暗くなってしまった先輩自身のケータイだ。

「ケータイで、何を見てたんですか？」

「無論、島袋礼央奈女史のウェブログさ」

ブログのことを「ウェブログ」って正式名称で言う人、初めて見た。そして、それよりも、今この画面が暗くなっているっていうことは……。

「あまりに見続けていたもので、電池がなくなってしまった」

やっぱり。

「先輩、やっぱり買い替えたほうがいいですよ」

「ふん」

鯵村先輩はさらっと流すと、カバンからリングノートを取り出した。開かれたページには、日付と、簡単なブログの内容が書かれていた。

「いいだろうか？」

鰺村先輩による『現出』の分析が始まった。……いまだに、意味はよくわからないけれど。


左門先輩はカルボナーラを食べ続けていて、もう鰺村先輩を止めようとはしない。私たち新入生三人は彼のペースに飲まれたままだ。

「まず、おばあちゃんが来たのが、六月十三日だ」

鰺村先輩はブルーブラックのボールペンで、ノートの上に書かれた自分の文字をコッコツと叩いた。罫線をはみ出す、意外と豪快な縦長の文字だった。

「君。ええと……」

「中川です！」

まただ。

「僕のメモに誤りがないか、君の携帯電話で、確認してくれないか？」

「なんで」

つい言い返したけれど、横でなぜか星加がニヤニヤしていた。私は仕方なく自分のケータイを取り出す。こういう、流れに乗せられてしまうところ、直したいな。

島袋さんのブログの六月十三日。「おばあが来たョ☆（*＞。＞*）」というタイトル。京葉線の中でも見た記事だ。

「この日から一週間ほど、仕事の話と、部屋での沖縄土産の自慢話が交互に書かれているな」

自慢話って……。でも、鰺村先輩の言っていることは間違いない。ちらりとメモを見ると、その旨が簡潔に書かれていた。

六月十四日　打ち合わせ　ちんすこうについて
　十五日　写真撮影　かりゆしを着てみた①
　十六日　写真撮影　じーまみーどうふについて①
　十七日　ラジオ収録　かりゆしを着てみた②
　十八日　スタジオ生放送
　十九日　雑誌取材
　二十日　じーまみーどうふについて②
　二十一日　ゴーヤが芽を出す　イメージビデオ撮影打ち合わせ
　二十二日　マネージャーから説教

ちなみにこのメモはすべて鰺村先輩の言葉で、本当は島袋さんによるちゃんとした可愛いタイトルがつけられている。「じーまみーどうふ②」というのは、十六日に食べたじーまみーどうふの味が忘れられずにスーパーに繰り出してみたものの見つからず、普通の豆腐にピーナッツバターを載せて食べたら、全然違う味だったけどこれはこれでイケるからみんな試してみて……という内容だった。

「これが、どうかしたんですか？」

私が尋ねると鰺村先輩は縁なし眼鏡をクイッと上げて、なぜか肩をすくめるようなしぐさをした。

「このあと彼女のウェブログは、仕事のことばかりになる」

スクロールしてみると、たしかに先輩の言うとおりだった。

「一体なぜ、部屋の中の写真がなくなったのだろう？」

「なぜ、って……」

沈黙。

答えが見つからないので、私は助けを求めるように星加の顔を見たけど、彼女も首を横に振った。鰺村先輩は甘いコーヒーをすする。

「それは」

鈴木くんが割り込んだ。彼もいつのまにか、自分のケータイで島袋さんのブログをチェックしていた。

「二十二日のところに書かれている、マネージャーさんからの説教が理由ではないでしょうか？」

その記事によれば、ブログであまり部屋のことを書かないようにと怒られちゃいました、とのことだ。

「少し柔らかめに書かれていますが、ほら、彼女は以前、ストーカー被害に遭っているんです」

鯵村先輩の顔を見つめる鈴木くん。

「もし、うっかり窓の外の光景なんかが写ってしまったら、どこに住んでいるかがばれてしまうじゃないですか。そうじゃなくても、部屋の間取りや、壁紙なんかでも、ひょっとしたらわかってしまうかもしれないし」

なるほど、さすが鈴木くん。私と星加は顔を見合わせてうなずく。

すると鯵村先輩は、

「僕の意見と同じだ」

何もなかったかのように、ボールペンで次なる日付を指した。

「さて、おばあちゃんが亡くなった頃の話だが……、七月二十日の記述などを中心に書いてみた」

ノートの次のページには、これまたメモが書かれていた。

七月十七日　ラジオ収録（ブログ更新あり）
十八日　おばあちゃん、亡くなる（ブログ更新なし　二十日の記述より）
十九日　沖縄に帰って葬儀に出席（ブログ更新なし　二十日の記述より）
二十日　千葉へ戻る（ブログ更新あり）
二十一日〜二十二日　不明（ブログ更新なし）
二十三日　仕事復帰　スタジオ収録（ブログ更新あり）

「問題は、この頃、隣に住む君のお兄さんが、何をしていたかということなのだが」

「どうせ、ゲームに決まっています」

鈴木くんは、鯵村先輩に向かって即答した。

「それを示す『現出』はあるかい？」

「はい」

鈴木くんはケータイを取り出し、善孝さんのゲーム記録にアクセスすると鯵村先輩に見せた。

「モスファーか」

「あれ、鯵村先輩もやるんですか、ゲーム？」

星加が尋ねる。鰺村先輩は背筋を伸ばして首を横に振る。

「前に新聞で読んだんだ。人間をさらってきて、蚊のモンスターを育てるゲームだろう」

「そうです」

……やっぱりいろんなところにアンテナを張っている。すごいなあ、この人。

鰺村先輩はしばらく鈴木くんのケータイを眺めていた。そして、ノートの空いているスペースに、なぜか通算プレイ時間をメモしていった。

7月18日　9315時間
19日　9326時間
20日　9336時間
21日　9349時間
22日　9359時間
23日　9362時間
24日　9364時間
25日　9365時間

「二十三日を境に、明らかに少なくなっている」

「たしかに」

ノートを覗き込んでいた私は同意した。それまで平気で十時間以上やっていたのに、急に二時間とか一時間になっている。

すると鯵村先輩は、赤いフードの外から頭に手を添えた。

「……僕は未熟だ」

「どうしたんですか」

自信満々だった態度が、打って変わって弱気だ。

ずっと黙ってカルボナーラを食べ続けていた左門先輩が、へへへっと愉快そうに笑い出した。

「鯵村、推理してるのか」

その顔を忌々しげに見つめると、鯵村先輩はやり切れなそうな表情で首を振り、「ああ……」と漏らした。

「ねえねえ、一体、なんなんですか？」

二人の顔を交互に見ながら、星加が尋ねる。

「鯵村が『僕は未熟だ』って言ったときは、すでに頭の中で推理が始まっているときなんだ」

「未熟なときが、推理しているとき？」

「そうさ……」

鯵村先輩は再び、コーヒーを口に運ぶ。

「空想というものは現象学でもしばしば方法として用いられることがある。だが、事実の片鱗を独りよがりな想像でつなぐ、小説の中の探偵が行なうような推理を、現象学においてどう位置付けるか。これが僕の中での一つのテーマであり、悩みの種なんだ」

そして彼は両手で頭を抱え始めた。

紙ナプキンで口を拭きながら笑う左門先輩に、星加がこっそりと尋ねる。

「左門先輩、あの人、何言ってるんですか？」

「俺にわかるわけないよ。だけど、たちの悪いことに、こういうときの鰺村の推理は、よく当たるんだ」

「当たっているかいないかが問題なのではない」

鰺村先輩は耳ざとく聞いていて、左門先輩を睨みつけた。

「そのアプローチが現象学的でありうるか否かが問題だと言っているんだ。……そもそも、僕は現象学をどこまで理解しているんだ。僕はひょっとしてまだ、過信しているのか。カント哲学を脱却できていないのか」

なんだか、私たちには全然理解できない悩みを抱えている先輩だ。

とにかく、二人の先輩の話を、私に理解できるところだけかいつまんでみると、鰺村先輩の頭の中には、何か推理めいたものが構築されているっていうことらしい。地上百メートルまで行った私たちが見つけられなかったものを、このカフェで、慣れないケータイを使ってブログ閲覧をしていただけの鰺村先輩は、見つけてしまったのだろうか？

「先輩の推理、聞かせてもらえませんか？」

先輩は私の顔を見返した。

「……それは、まだだ」

「まだ？」

「この通り沿いに、ホームセンターがあるらしい。そこへ行って、事実確認をしてからだ」

私は星加と鈴木くんの顔を見た。私たちの知らないところで、謎は収束へ向かいつつあるのかもしれなかった。


千葉のホームセンターは、大規模だった。駐車場は、千台は自動車が停められるくらいのスペース。大きなかご付きキャスターが並んでおり、日曜日ということもあって家族連れが目立つ。

ここでも鯵村先輩の赤いフード付きダッフルコートは目立って「お母さん、赤ずきんちゃんがいるよー」なんて小さな女の子に指差されていた。もちろん、鯵村先輩は愛想を振りまくなんてことはしないで無視。ただの変人。

そういう事情から、私と星加と鈴木くんは、左門・鯵村コンビから少し距離を開けて歩いている。鰺村先輩は底の高い靴を履いているけど、それでもひょろ長い左門先輩の隣にいると背の低さが目立つ。赤ずきんとジョン・レノン。ヘンな組み合わせ。

数分経つうち、鰺村先輩と左門先輩は連れ立ってどこかへ行ってしまった。

私と星加と鈴木くんの三人は、人でごった返すホームセンターをぶらぶらした。普段あまり来ないような店だけど、本当に何でもある。

「ん！　いい、カレー鍋！」

十分ほど歩いたあと、突然、鈴木くんが立ち止まり、棚に並んでいる色とりどりの鍋のうち、赤い物を手に取った。

「普通の鍋と違うの？」

星加が尋ねる。

「これは、ホーローでできてるでしょ？」

「ほーろー？」

「こういう、陶器みたいな素材。これは、金属の鍋に比べて泡のたちかたがソフトで細やかなんだ。だから、長時間煮ても、ジャガイモが煮崩れしないというメリットがあるんだよ」

「へぇー」

この二人、お似合いかもしれない。私は少し後ろで星加と鈴木くんを見ながら思う。

「まあそれは、本格インドカレーじゃなくて、日本風のカレーを作る時の話だけど。僕は、日本風のカレーも好きだから」

「へぇー、ねえ、今度私にも教えて」

「え、いいけど……」

「また、おうちに遊びに行ってもいい？」

星加は鈴木くんの顔を見た。青いメッシュの入ったショートカット。鼻は高くはないけれど、小さくまとまった顔が可愛い。少しコンプレックスを感じてしまう。

鈴木くんがうなずいて笑顔を見せていたその時、左門先輩がひょっこりやってきた。

「こんなところにいたのか」

「左門先輩。カレー用の鍋を見ていたんです」

「鰺村はもう、満足したようだ」

左門先輩は鰺村先輩になぜかガーデニングコーナーに連れて行かれたらしい。そこでプランターやら肥料やらの難しい話を聞かされたと、愚痴を言った。

「それで、何かわかったんですか？」

「いや……とにかくレジのところで待ってる」

私たちは左門先輩についてレジに行った。

赤ずきんはやっぱり目立っていた。あごに手を添え、難しい顔をして何かを考え込んでいる。その脇を、会計をすませたお客さんたちが、迷惑そうにすり抜けていく。まったく鯵村先輩、周りが見えていないようだ。

「鯵村」

左門先輩が声をかけると、彼はようやくこっちを見た。

「まとまったのか？」

「いや、もう少しだ……だが、収穫はあった」

「何も買ってないじゃないか」

「買う必要はないさ。あれがこの店に置いてあることだけ、確認できればな」

「そういえば……」

鈴木くんが、突然二人の会話を遮った。

「今、あの脚立を見て思い出したんですけど」

脚立は、レジにほど近いコーナーに展示されていた。

「兄貴、今年の春、〝メゾン・ド・アップダウン〟を出て、今の引っ越し先に移る時、もういらないからって、実家に脚立を送りつけてきたんですよ」

「脚立を？」

「ええ。うちもマンションだからいらないんですけれどね」

鯵村先輩が鈴木くんの顔を見上げた。

「あの部屋で脚立って、おかしいね」

星加が、鰺村先輩の心を代弁するように鈴木くんに尋ねる。後ろで左門先輩も腕を組んで考え始めた。

「ねえねえ、何がひっかかるの？」

私だけ取り残されて、星加の袖を引っ張った。

「マンションのワンルームに、脚立なんて必要ないでしょ。蛍光灯を取り換えるのだって、椅子に載れば十分だし。あるだけで邪魔だよ」

実際に一人暮らしをしている星加が言うのだから、おかしいのだろう。

うん、おかしい。

「ふん……」

鰺村先輩が腕を組む。

「どうした、鰺村？」

「僕の志向性は、現象に向いているはずだ。だけど……今ひとつだ」

そのまま、自動ドアのほうへと歩き出す。

まったく、何にも教えてくれない先輩だ。

4．「ローマの平日」にてブレイク

美味しい。

私にとって、今日の一番の収穫は、千葉で見てきたあのエレベーター式1Rマンションじゃなくて、このカルーアミルクっていうお酒に出会ったことなのかもしれない。鰺村先輩に勧められて飲んだら、ミルクに溶けたコーヒーのリキュールだっていうカルーアの甘味がすっかり気に入ってしまった。こうやって、お酒を好きになっていくんだなあ、って感じ。

ふと見ると、鈴木くんは左門先輩と同じく生ビールの中ジョッキで、もう二杯目。けっこう飲めるようだ。二人は楽しげに何かを話し合っている。この二人は学部も同じなので、きっと共通の話題が多いのだろう。

自分から話題を作りながら二人の間に入れればいいのだけれど、星加と違ってそういうのは苦手だ。なんか、ワイワイやっているところに所属するタイプなんだなあ、損な性格だなあと、寂しくなる。

「もう、鰺村先輩ってば、いつまで難しい顔してるんですかあ」

ジントニックってやつを半分ほどでもう気分が高揚している星加が、一段下に座っている鰺村先輩の赤いダッフルコートの背中を平手で叩いた。

「あ、ああ……」

鯵村先輩はさすがにたじろいで振り返った。

「私の高校時代の話、聞いてくださいよお」

星加は私の隣から、鯵村先輩の隣に移動し、得意の高校時代のガールズバンドの話を始めた。当然のごとく、鯵村先輩は乗ってこない。

「もう、先輩が今日は飲みたい、って言ったくせに」

「今日は飲みたい、とは言っていない」

「言いましたよ、東京駅で。私、聞いてましたもんね」

「僕は、カルーアミルクを飲みたい、と言ったんだ」

……そうなのだ。この、へんたて御用達のウィリアム・ワイラー風階段居酒屋「ローマの平日」に来ることを提案したのは、鯵村先輩だったのだ。

ホームセンターを出た頃にはもう四時を過ぎていた。左門先輩が「そろそろ帰ろうか」と言ったので駅に戻り、私たちは東京行きの京葉線に乗った。

鯵村先輩はずっと席に座って腕を組んだまま何かを考えていて、全然話しかけられる雰囲気ではなかった。鈴木くんはいつまで経っても鯵村先輩が推理を披露してくれないのでもうあきらめているようだった。左門先輩は一眼レフデジタルカメラの画像をチェックして、謎そのものには興味を示していない。

そして星加に至っては、私の横でずっと、舞浜の夢の国について語っていた。小学校のころ、家族で一度来たことがあるきりなのだそうだ。私は高校のころ友だちと何度か来たことがあるというと、「えー、いいな、いつかみんなで一緒に行きたいな」なんて言ってた。……ああいう商業的スペースにある「ヘンな建物」にも、左門先輩は興味を示したりするのだろうか。

新木場を過ぎ、海を眺めながら、京葉線は地下に潜る。越中島、八丁堀を過ぎて、あっという間に東京駅に着いてしまった。

今回の「活動」は結局、これで終わりかな……。

「左門、『ローマの平日』は、日曜は休みかな？」

人ごみに流されてエスカレーターに乗ったその時、鰺村先輩が唐突に言い出したのだ。

「何だって？」

「カルーアミルクが飲みたいな」

そのとき、左門先輩が胸ポケットからケータイを取り出し、「おや」と言った。着信があったようだ。

「沙羅からだ。このあと、どこかで集まるのか……って」

縁側先輩も合流したがっているということで、一同の足が「ローマの平日」へ向かうのは、当然のことだった。

左門先輩と鈴木くんの学部の内輪話には入れず、いい気分になって鯵村先輩に絡む星加に便乗する気にもなれず、私は一人「ぽつねん」という擬態語を頭に浮かべながら、例の壊れたギターの括りつけられている扉に目をやった。――あの扉については結局、先輩たちの誰も教えてくれないので、今日まで謎のままだ。謎のオンパレード。

「みんな、こんばんは」

そのとき、縁側先輩がやってきた。

春らしく、白のレースブラウスに紺色のタックパンツ。肌がまぶしくて、今日もきれいだと思った。長い足で階段を上ってこちらへ……

「うわっ！」

いつも通り、けつまずいてこけ、鯵村先輩のほうへ倒れこんだ。先輩は意外と機敏にカルーアミルクを脇に置くと、縁側先輩の体を支えた。

「大丈夫か」

「ああ、鯵村先輩、お久しぶりです」

もう縁側先輩の運動神経の悪さについては誰も突っ込まない。周りがこうしてフォローしてあげればいいんだ。サークルって、ちょっとした家族みたいな集まりだ。

縁側先輩は左門先輩と鈴木くんの前の段に腰かけ、一息つく。

「沙羅、今日千葉で見てきた建物は、本当に面白かったぞ」

左門先輩が話しかけたけれど、縁側先輩は手を上げて店員を呼んだ。

「ちょっとすみません、先に頼んでもいいですか？」

「ああ……」

左門先輩は少し困惑しているようだ。縁側先輩の様子が少しおかしい。なんというか、いつもの余裕が感じられない。そもそも、今日はデートじゃなかっただろうか？　どうして夜になってわざわざサークルの集まりに顔を出したりしたんだろう。

「ええと、生ビールと……」

縁側先輩は注文を始めていた。

ローマ風串焼き盛り合わせ、ベネチア風から揚げ、ナポリ風モツ煮込み、ボローニャ風鶏つくね……。お肉ばっかり。

「沙羅、頼みすぎじゃないか？」

左門先輩が不思議な顔をすると、縁側先輩は長い髪を肩の後ろにやった。

「今日は、いっぱい、食べたい気分なんです」

「様子がおかしいな。彼氏と何かあったのか？」

「別に。それより、今日の物件の話を聞かせてください」

「ああ、鈴木、お前がやれ」

左門先輩は鈴木くんの背中を小突く。ジョッキの半分くらいをすでに飲み終えていた鈴木くんはうなずいて、あのマンションの話を縁側先輩にした。

ワンルームの部屋が地上百メートルまで上昇するというその特異な建物の話に、さすがに縁側先輩も驚いていたけれど、後半はずいぶん引き込まれたようだった。

「セキュリティは万全だっていうけれど、たとえば、みんな地上百メートルに部屋を上げているときは、そうでもないかもしれないのね」

鈴木くんの説明が終わったあと、縁側先輩は指摘した。

「どうしてですか？」

「だって、部屋が横一直線だったら、ベランダを通じて隣に移動されてしまうかもしれないでしょ？」

なるほど。その発想はなかった……あれ、でも……。

「縁側先輩、それはちょっと違います」

ようやく、自分から話に入れた。

「あの部屋は、地上百メートルでは横一直線にならないようになっているんです」

鈴木くんも思い出したようだ。

「ああ、そうです。設計した建築家のこだわりかなんかで、地上百メートルでは、止まる位置が微妙にずれているんですよ。……そうか。ひょっとしたらあれは、防犯目的なのかもしれないな」

「なんでよ」

星加が鈴木くんの顔を不思議そうに眺めた。

「だって、地上百メートルで、高さの違うベランダに飛び移るのはかなり勇気がいることでしょ？」

私は想像してみた。

たしかに、あの高さで、ずれた高さの隣のベランダに飛び移ろうとは思わない。デザインだけじゃなくて、セキュリティ的な理由だったのかもしれない。

コーン！　と、突然大きな音がした。

鯵村先輩がカルーアミルクを飲み干して氷だけになったグラスを、自分の脇の階段に勢いよく置いたのだった。

「鈴木、それは本当か？」

「え？」

「地上百メートルでは、各部屋は横一直線にはならないのか？」

そういえば、鯵村先輩は実際に地上百メートルまで上がっていないから、この事実を知らない。だけど、重要なことだろうか？

「君のお兄さんと、島袋女史の部屋の位置関係は？」

「……ええ」

「いちかんけい……」

「どっちのほうが下だ？」

赤いフードの中の顔が鬼気迫っていた。しどろもどろになる鈴木くん。いたたまれなくなって、割り込む。いつの間にか、私はこの変人先輩に免疫ができていた。

「先輩、島袋さんの部屋のほうが下でした」

先輩は私のほうを振り返った。

「どれくらい？」

「えーと、二メートルちょっとってところです」

鯵村先輩は私のこの返事を聞いて、満足そうにうなずいた。

「僕の答えは出た。だが、穴がある」

みんなは首をかしげる。

そのタイミングで、左門先輩はビールを飲み終えた。

店員さんが大量の肉料理を両手に階段を上がってくる。

「最良の答えを期待したい。だが、先に食べてからにしようじゃないか」

穴があると言いながら、鯵村先輩の表情には、どこか余裕の雰囲気が漂っていた。

5. 去年の夏の出来事

「引きこもりの青年と、祖母を亡くしてふさぎ込んでいた女性。この二人を結びつけたものは何なのか……。そう。この話の場合、『結びつけた』という言葉は、物理的な意味を伴うものだ」

ほっぺた一杯にから揚げを詰め込んでもぐもぐやったかと思うと、鯵村先輩は語り出した。このから揚げ、美味しい。イカ墨のパウダーらしきものがかかっていて、星加はすっかりご満悦で、鈴木くんからビールを一口もらっていた。

「君」

急に鯵村先輩が私のほうを振り返った。

「ええと……」

「中川です」

結局今日一日、先輩は私の名前を憶えてくれなかった。

「何か気づいたことはないか？」

「件《くだん》の二人を結びつけたものについてさ」

「気づいたこと？」

「いいえ」

まったく、思いつかない。

「二人の部屋を結びつけたもの、と言ってもいい」

部屋を、結びつける？

「六月二十一日のウェブログにはっきりと写真が残されている」

私はケータイを取り出した。そしてブックマーク登録しておいた島袋さんのブログを見る。縁側先輩はあまり気にならないようでモツ煮込みを食べていたけれど、鈴木くんと左門先輩が覗いてきた。

六月二十一日。その記事にはたしかに、写真が載せられていた。

「ゴーヤ？」

そう。小さな植木鉢から、沖縄のおばあちゃんが持ってきてくれたゴーヤの種が芽を出した様子が報告されているのだ。

「不思議だとは思わないか？　その記事を最後に、ゴーヤの写真はまったく載せられていない」

「そうでしたっけ？」

星加が私の座っている段の一段後ろへ回り込んで、ケータイを覗きこんできた。

「うん。鰺村先輩の言うとおり」

たしかに、ゴーヤのことは書かれていない。一体どうしてだろう？

鈴木くんが口を出す。

「それは、昼にも言ったとおり、あまりプライベートな写真をブログに載せたらまずいからじゃないですか？　ゴーヤを育てるにはベランダに出さないといけないだろうし。もしその成長過程を写真に取ったら、背景に外の景色が写っちゃうかもしれません」

鰺村先輩は、いつのまにか頼んでいた新しいカルーアミルクを飲み、満足そうにうなずいた。

「その通りだよ、鈴木。彼女は、ゴーヤを、ベランダに出したんだ。植木鉢では土の量が少なかっただろうから、ひょっとしたらプランターに移し替えたかもしれないな、ところで、中川」

「えっ？」

私は思わず、鰺村先輩の顔を見返してしまった。

今日一日、というか、さっきまで名前を呼んでくれなかったのに……。逆にドキドキしてしまう。全然、この先輩がタイプというわけではないのだけれど。

「中川」

鯵村先輩はもう一度はっきりと、私の名前を呼んだ。

「君は、ゴーヤがどうやって成長するか知っているか？」

「し、知ってますよ」

私は答える。

「つる状の茎を、ぐるぐると巻きつけていくんでしょ？　朝顔みたいに」

「まさに、よくある勘違いだな」

カルーアミルクの中の氷が、バカにしたようにからんと音をたてる。

「ゴーヤはウリ科の植物。茎が直接添え木に巻きつくタイプではなく、茎から出たさらに細いつるを添え木に巻きつかせながら、縦横に広がるように育つんだ。だから、朝顔のような添え木ではなく、網のようなものをベランダにかけ、そこに巻きつかせるように育てるのが普通だ。緑のカーテンというやつだね」

難しい説明をされたけれど、言われてみれば、夏場、よくそうやって育てられているゴーヤを見るかもしれない。

「鯵村先輩は、植物にも詳しいんですね」

鈴木くんが感心したように漏らすと、左門先輩が「当然だよ」と言った。

「鯵村は、農学部だから」

「えっ？　そうなんですか」

鰺村先輩は何事もなかったように首をすくめている。

「じゃあ、哲学は？」

「君たち。生きるということは学ぶこと、そして自らの頭で考えること。常に哲学と隣り合わせなんだ。僕がどこの学部に所属しようが、それは関係ない」

「じゃあじゃあ、先輩は、別にテストもないのに、哲学を勉強してるんですか？」

星加は信じられない、というように尋ねた。

「君はテストのために学問をしているのか。日本銀行券という名の、慶應義塾大学の創設者の肖像画が印刷された紙切れを欲して、何の疑いもなく働くビジネスマンのように」

また難しい話になりそうだ。私は慌てて、大げさに手を振った。

「すみませんでした！　先輩、推理の先を聞かせてください」

鰺村先輩は、ふん、と鼻を鳴らすと、うなずいた。左門先輩は私たちのやり取りを見ながら笑っている。ふと見ると、縁側先輩の脇に置かれた皿は、すでに空になりつつあった。


「島袋女史は、中川と同じような勘違いをしていたのかもしれない」

鰺村先輩は失礼なことを言いながら話を進める。

「つまり、ゴーヤがつる状の茎を添え木に巻きつけながら育つという勘違いだ。彼女は小学生の頃に沖縄を離れているから、ゴーヤの生態に詳しくなかったとしても責められるべきではないだろう。さて、そんな彼女がゴーヤを植えた鉢もしくはプランターを、ベランダに置いた。ゴーヤの成長のスピードは驚くべきものだ。特に、七月に入ってからはすごい。島袋女史もついに気づいて、ゴーヤネットを購入したのだろう。例のホームセンターに、ちゃんと売られていたよ。ゴーヤネットがね」

鰺村先輩はさっき、それを確認していたわけか。

「ゴーヤはやがて、島袋女史のベランダを埋め尽くしてしまう」

あの、決して広くないベランダにゴーヤのつるが広がっている状態を頭の中に思い描いた。

「さて、そのあと、お祖母ちゃんの死だ」

「お祖母ちゃんの死？」

「そう。七月二十日から二十二日にかけての三日間、彼女はウェブブログを更新していない。そして二十三日の記事に、三日間元気がなくふさぎ込んでいたことを書いている。おそらくは、地上百メートルの部屋で」

うん。それは間違いない。

「彼女が〝異変〟に気づいたのは、この二十三日、仕事に復帰した日の朝ではないかと推測される」

「〝異変〟……？」

私の後ろの段で、星加が疑問を口にする。

「どういう〝異変〟ですか？」

すると今度は、一段低い位置から、ふっ、という息が聞こえた。飲み干したビールジョッキを自分の脇のコンクリート製の階段に置いて、縁側先輩が私たちを見ていた。

「ゴーヤの茎が伸びて、隣の部屋のベランダの手すりに絡まってしまっていたということですね？」

鯵村先輩はニヤリと笑った。

「さすが、二年生にもなると違うな、沙羅」

つまり、三日間ふさぎ込んでいる間に、ゴーヤはつるを伸ばし、鈴木くんのお兄さんの部屋の手すりに絡まってしまった。……ということだ。私は再び、あの部屋のベランダの様子を思い浮かべていた。ベランダの高さの差や、フェンス状の格子。ゴーヤが絡みつくには最適の条件がそろっているように思える。【見取り図2参照】

「島袋女史はびっくりして、ベランダ越しに声をかけたんじゃないか？　引きこもっていた鈴木のお兄さんは当然、無視しただろうが、しつこいので窓を開けた。そこで、彼もやっと、ゴーヤが自分の部屋のベランダの手すりに絡んでいるのを見つけたのだろう」

鯵村先輩は続けた。

見取り図2

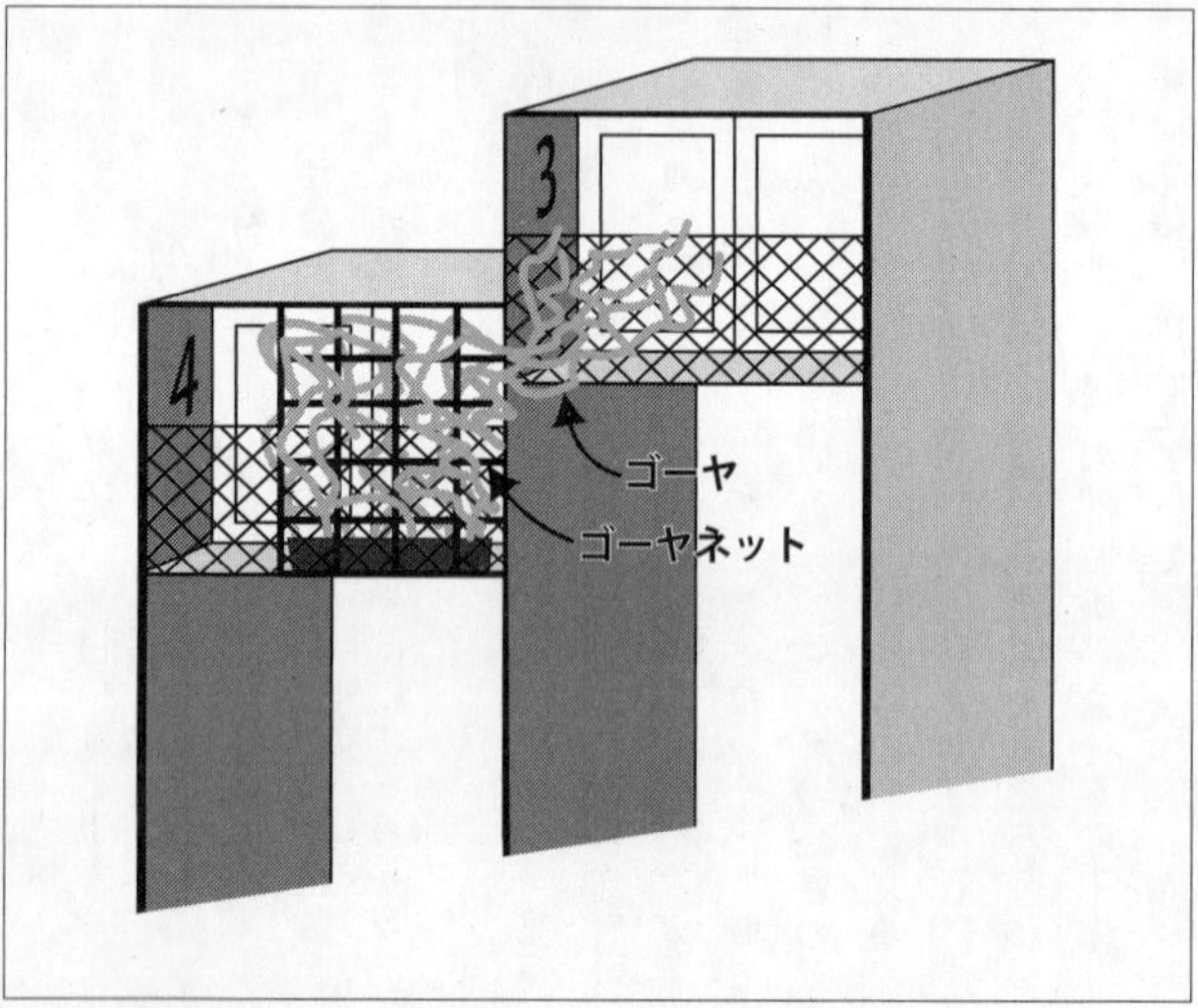

「つながってしまった隣同士の部屋は、同じタイミングで地上まで降ろさなければならない。二十三日にどうしても仕事に行かなければならなかった島袋女史は、鈴木のお兄さんに頼んで、リモコン操作により、同時に一階まで部屋を降ろした」

「共同作業っていうことですか」

星加が漏らす。

「ああ。しかもこの共同作業は夏じゅう続いたはずだ。その証拠に、鈴木のお兄さんは、脚立を買っていただろう？」

「え、ええ……」

「あの部屋は、地上ゼロメートル地点に降りない限り、玄関のドアが開かない構造だと、物件のチラシに書いてあった。鈴木のお兄さんも、いくら引きこもりだといっても、食料を買いに外に出なければならない。しかしもし自分の部屋を完全に下げてしまったら、ゴーヤのつるがちぎれてしまう可能性がある。こういう事情から、地上に降りても、鈴木のお兄さんは、自分の部屋を、島袋女史の部屋より二メートルほど上に留めておかなければならなかった。だから、ベランダから出るために、島袋女史に脚立を買ってきてもらったんだ」

なるほど。あのベランダの外は人ひとり分は入れるくらいのスペースはあったはずだ。

「鯵村、夏じゅう一緒に上げ下げをする必要はなかったんじゃないか?」

左門先輩が口を挟む。

「降ろしたままにしておけば、島袋さんは部屋に入れる。鈴木のお兄さんは脚立でベランダから入ればいい。いちいち同じタイミングで地上百メートルまで上げて、どちらかが外出するときにまた地上まで降ろすなんていう非効率的なことをしなくてすむだろう」

するど鯵村先輩はゆっくり首を振った。

「地上に降ろしたままにしておいたら、隣のビルに光を遮られてしまうんだ。ゴーヤが育たないだろう」

左門先輩は鯵村先輩の顔を眺めていたが、静かにうなずいた。

ゴーヤがつないだ二人の気持ち。突拍子もなかった推理が現実味を帯びてきている。

「だが、この推理には一つ、穴がある」

私たちがせっかく納得しようとした頃、鯵村先輩は自ら否定するようなことを言った。

「そもそも鈴木のお兄さんは、協力しなくてもよかったはずだ」

と、鈴木くんの顔を見つめた。

「引きこもりにとって、隣人のゴーヤのことなど知ったことではない。そもそも、一方的に迷惑を被っているわけだ」

私は胸が締めつけられるような気持ちになる。鯵村先輩、なんで急にこんなに冷たいことを言うんだろう。

「はさみでも持ち出して、茎を切ってしまえば……」

「ダメですよ！」

私は、鯵村先輩の言葉を遮るように大きな声を出してしまった。

みんなが、私のほうを見ていた。隣の階段に陣取っている団体の女の人も、こちらを向いたくらいだ。ただ、鯵村先輩は冷静だった。

「なぜ、ダメなんだ？」

「だって……、お祖母ちゃんが最後に遺してくれたゴーヤの種じゃないですか。せっかく育っているのに、切ったりしたら、ダメですよ……」

言ってしまってから、少し涙が出てきた。カルーアミルクにも、やっぱりお酒が入っていることを実感した。

しーんとする中、星加が、後ろから私の肩に手を置いてくれた。

「中川さんらしいな」

左門先輩が、あの優しい声でフォローしてくれる。

「鈴木はどう思う？」

「はい。思い出したことがあります」

感情的な私を置いて、鈴木くんはどこか、神妙な顔をしていた。

「兄貴はお祖母ちゃんっ子だったんです。うちの祖母は、一番病弱な善孝兄貴を可愛がっていました。初めてゲームを買ってくれたのも祖母で……だけど、祖母は僕が中学生のときに亡くなりました」

私は、島袋さんが善孝さんに訴えている地上百メートルの光景を想像した。

──私のお祖母ちゃんが、最後に遺してくれたゴーヤなんです。茎をちぎったりしたくないんです。お願いだから、私と同じタイミングで、部屋を地上へ降ろしてください。

善孝さんはお祖母ちゃんっ子のシンパシーを感じて、彼女の願いを聞き入れる。島袋さんはそのお詫びとして善孝さんのために脚立を買ってくる。二人は夏じゅう協力して、茎がちぎれないように、しかもゴーヤにちゃんと陽が当たるように、一緒のタイミングであのヘンな部屋をアゲサゲしたのだ。それはまさに、二人の心をつないだ共同作業だったはずだ。

「鰺村」

左門先輩が静かに尋ねた。

「ゴーヤっていうのは、いつまでも青々としているものではないよな？」

「ああ。一年草だからな。せいぜい、九月下旬までだろう」

「二人が夏じゅう協力して育てたお祖母ちゃんの最後のゴーヤは、九月の末には枯れてしまったということか……」

寂しかった。

島袋礼央奈さんと、鈴木善孝さん。自分たちが協力して育て、そして枯れてしまったゴーヤを見た二人。

「二人の心はすでに、離れられない状態になっていたんでしょうね」

星加が訳知り顔でうなずく。そして、鈴木くんも納得した顔をしていた。

……すごく素敵な話だった。

私たちはしばらく、静かに、去年の夏のあのヘンなマンションで起こっていた恋物語に思いを馳せていた。他の団体客の喧騒が遠くに聞こえる。

「中川」

鰺村先輩が私の名前を呼んだ。

「君の、『お祖母ちゃんが最後に遺してくれたゴーヤの茎を、切ってはいけない』という発言は、非常に素晴らしかった。僕の求める答えだったよ」

笑っていた。

「今日は僕がおごろう」

……ようやく気づいた。先輩は、誰かにこの答えを出してほしかったのだと。自分で言うのが恥ずかしかったのか、それとももっと哲学的な理由があるのかはわからないけれど、先輩の中にもたしかに、ゴーヤを切りたくない気持ちがあったのだと。そして、この先輩が、偏屈そうに見えてやっぱり優しい心の持ち主なのだと。

「ああっ、ずるい！」

星加が騒ぎ出す。

「鰺村先輩、亜可美のこと、お気に入りなんですか」

「お気に入り、というわけではない」

「亜可美の『現出』と、私の『現出』と、どっちがいいんですか」

「『現出』を見るときに心がけることは一切の先入観を排除することだ」

「何言ってんのか、もうわけわかんない」

二人の様子を見ている左門先輩が笑う。鈴木くんも、私も、楽しくなって笑う。

大学生活ってこうして始まっていくんだろうな。

きっと、大人数で大騒ぎするサークルも楽しいんだろうけれど、私にはこういうアットホームな雰囲気が合っている。左門先輩、私を誘ってくれて、ありがとうございます。

その時だった。

「水を差して悪いのだけど」

縁側先輩が私たちのほうを振り返っていた。先輩の目にも、うっすらと涙が浮かんでいた。

「あんまり素敵な話をしないでもらえます、鯵村先輩？」

「どうした？」

「実は私、今日、彼氏と別れてきたんです」

……沈黙。そして、「ええっ？」と左門先輩が大声を出した。

始まる恋愛があれば、終わる恋愛もある。

私たちはその日、終電ギリギリまで、「ローマの平日」で語り明かした。

第三話「魚ケ瀬《うおがせ》城址《じょうし》中学校　青春の隅櫓《すみやぐら》トマソン」

1. 星加の部屋で

漆黒の夜にコクある、ココナッツミルク
熱くしまくる、バイ・マックルー
私の気持ちに、気づいてクラチャイ！

星加は感情をこめて自作の歌「君に抱きしめられタイカレー」を歌いきると、青いアコースティックギターの弦を押さえて一礼した。
「どう？」

どう、って言われても……。高校時代をバンド活動に懸けただけのことはあって、たしかにギターは上手い。ライブハウスでお客さんを盛り上げた過去もうなずける。だけど歌詞が、ちょっといただけない。ほとんどダジャレじゃん。ちなみに、「バイ・マックルー」っていうのは、和名をこぶみかんという植物の葉っぱ。「クラチャイ」っていうのは和名を白ウコンという漢方薬風の根っこ。両方ともタイカレーには欠かせない食材だ。……って、説明が必要なんだから、そんなのダジャレですらない。

「微妙」

それだけ言った。

「微妙かー」

星加は別に気にした様子もなくケラケラ笑うと、腰かけているベッドにそのまま仰向けになった。すでに缶入りマッコリを一本飲んでいるからご機嫌だ。

「聴かせられないよね、よっちには」

よっちというのは、星加が鈴木くんにつけたあだ名だった。鈴木善文《よしふみ》というのが彼の本名なのだけれど、それじゃあ地味ということで、突然そう呼び出したのだ。私はそんなフランクに呼ぶことができなくて、いまだに「鈴木くん」と呼んでいる。

そして星加は、どうやら彼のことが好きになってしまったようだ。

「亜可美、うちに泊まりに来て」

今日、突然頼まれた。私は母親に連絡を入れて、そのまま大学近くの星加の一人暮らしの部屋にやってきたのだ。この間千葉で見たアゲサゲ式1Rよりも、もう少し小さな1R。カーテンやチェスト、テレビ台にクッション、ベッドの布団カバー、全体的に星加の好きな青色でまとまっている。コンビニで買ってきたパスタをゆで、レトルトミートソースを分けあって（一パックで二人分だから、いつもは食べられないんだよね―」とのこと）、缶入りマッコリを飲んで、なんとなくしゃべっているうちに、「私、よっちのこと、好きかも」と星加はいきなり言い出したのだった。もちろん私は、うすうすは感づいていた。

「合宿の時、微妙だって言ってたじゃん」

わざと、そう言ってみた。

「印象は変わるもんでしょ」

「まあ、そうかな」

「ねえ、私とよっちが付き合ったら、やだ？」

「そんなことはないけど……」

せっかくいい感じに作り上げてきた友情が、微妙にバランスを崩しそうな気がする。

「発表します。私、歌を作りました」

星加は私の心を知ってか知らずか、クローゼットを開けると、青いアコースティックギターと「SONGS」と書かれた黄色いノートを取り出し、歌いはじめたのだ。「君に抱きしめられタイカレー」……鈴木くんには聴かせられない。

突然、テーブルの上に置いてあった星加のケータイが音楽を奏で始めた。ベッドから身を起こし、星加はケータイを取る。

「あ、左門先輩からだ」

私はその名前を聞いて、少しだけ緊張して背筋を伸ばしてしまった。

「はい、もしもし、伊倉です」

星加は意味ありげに私を見て笑いながら、電話に出た。

星加が鈴木くんを意識し始めたのは、この間の、アゲサゲ式1Rの謎を解いたローマの平日での飲み会だと思う。鈴木くんはあの日、例の「壊れたギターのドア」の正体を見破ったのだ。

沙羅先輩（あの夜から、私たちはこう呼んでいる）が彼氏と別れた話が一通り落ち着いた頃だった。

「あのドアはひょっとして、秘密の抜け道、つまり、非常口じゃないですか？」

ビールで真っ赤になった顔で、鈴木くんは左門先輩に言ったのだ。

「何で、そう思うんだ？」

丸メガネに手をやりながら尋ね返す左門先輩。

「このお店は、ウィリアム・ワイラー監督の『ローマの休日』のスペイン階段のシーンをモチーフに造られていますよね？　あの映画に、オードリー・ヘップバーンが演じる王女が、サンタンジェロ城前の船上パーティーで乱闘に巻き込まれ、男性の頭をギターで殴るコメディシーンがあるんです。あの壊れたギターはそれを表しているんじゃないでしょうか。だってほら、ドアの上に天使の像が。『Sant'Angelo《サンタンジェロ》』は『聖天使』という意味ですから」

ドアの上には石造りの天使が向かい合っていた。でも、あの類の像はこの店のいたるところに飾られているから、そんな意味があるとは思わなかった。

「サンタンジェロ城は、もともとハドリアヌス帝の墓所だったところに造られた要塞のようなもので、ヴァチカンのサン・ピエトロ宮殿から通じている抜け穴の出口があるんですよ。宮殿が攻められた時、ローマ教皇がこの抜け穴を通ってサンタンジェロ城へ逃げられるように。たしか、『天使と悪魔』という映画にも出てきたはずです」

鈴木くんは一度言葉を切って、左門先輩の顔を見た。

「緊急事態の際の、サンタンジェロへの抜け道。つまり、非常口だと思ったんです」

私と星加は隣同士に座ったまま、じっと左門先輩の反応を見守っている。

拍手が聞こえた。沙羅先輩だった。

「お見事ね」

正解のようだ。

「君は映画の知識が豊富だな」

カルーアミルクの飲みすぎで目が真っ赤になった鯵村先輩も、称賛に加わる。

「羨ましいよ。僕は映画をあまり観ないものだから」

「いえ……母が好きな映画ですので。昔、ローマに連れて行ってもらったこともあるし」

そうかそうか。お金持ちは違うなあ。と、カルーアミルクを口につけたとき、「すごい、カッコいい」。私の耳元で、星加がうっとりした口調でつぶやいたのだった。


その一週間後の日曜日、私と星加は、一年生同士の交流、あるいはカレーの作り方教室という名目で、再び鈴木くんのマンションを訪ねた。星加が強引にセッティングしたものだったけれど、ご両親が外出中ということで鈴木くんも快く受けてくれた。

私たちは鈴木くんイチオシのタイカレーを一緒に作って楽しんだ。……楽しんだのは星加だけだったかもしれない。私は料理が苦手で、包丁の使い方やなんかも二人に突っ込まれてばっかり。出来上がりは上々で、正直言うともともと東南アジア風エスニックの香りのするカレーは苦手だったけれど、ちょっとイメージが変わった。

でも星加は味のちがいなんてどうでもいいみたいで、鈴木くんとずっと話をしていた。

彼女は高校生の頃、名古屋のライブハウスで知り合ったかなり年上の男の人と付き合ったけれど、向こうには実は奥さんと子どもまでいて、遊ばれただけだったという、高校生にしてはけっこう刺激的な恋愛遍歴を持っている。だから、鈴木くんみたいな、高校時代には目もくれなかったちょっと知的なタイプに惹かれてしまうのかもしれない。私の勝手な分析。

とにかく星加の鈴木くんを見る目は、すでに恋する女子のそれで、私は終始、お邪魔扱いみたいな感じがしていた。


「はい。亜可美も一緒です」

星加は電話の向こうの左門先輩と話を続けていた。

「わかりました、きっとヒマです」

私のスケジュールも聞かずに話を進めている。

「はい。はい。わかりましたー。それじゃあ」

星加は電話を切ってしまった。

「ちょっと！」

「あ、ごめん、左門先輩と話したかった？」

「そういうことじゃなくて、なんで勝手にヒマって決めるの？」

「来週の日曜だって。なんか予定ある？」

「……ヒマ、だけど」

星加は、ほらやっぱり、とケラケラ笑い出した。

「ヘンたて、見に行くってよ」

「どんなの？」

「なんだかわかんないけど、マイケル、みたいな」

「マイケル？」

何、言ってんだろう？　星加はあっけらかんとしたまま、新しいマッコリの缶をたぐり寄せてプルタブを引き起こした。

「いや、違うな。ジョンソン、だったかな」

外国の人の名前……？

「ひょっとして、『トマソン』じゃない？」

「おお、それそれ！……で、トマソンって何？」

臆面もなく聞いてくる星加に、私は呆れてしまった。

「四月に、見に行ったじゃん。ほら、窓が塞がれちゃったのに、庇だけ残ってた」

「ああ、左門先輩が興奮して写真撮りまくってたやつか。あの庇を、トマソンっていうわけ？」

「庇だけじゃなくって、壁ができて行き止まりになっちゃった階段とか、階段が取り払われちゃって外付けのドアだけが二階の位置に残ったものとか、本来は建物の一部として機能するべきものが、何らかの理由で無用になってしまったもの全般を指す言葉なの」

正確には「超芸術」と呼ばれるものなんだそうだけど、私には高尚すぎる話なので割愛した。

「へぇー。なんで『トマソン』なんて、人の名前みたいに呼ばれるの？」

「それはね」

と、生かじりの知識を無理やり引っ張り出す。

「その昔、読売ジャイアンツに、トマソンっていう名前の助っ人外国人が来たんだって」

「え、プロ野球の話？」

「そう」

「でもジャイアンツか。私、ドラゴンズファンだからなー」

「いいから聞いてよ。トマソン選手はね、来日一年目はそこそこの成績だったんだけど、二年目から全然打てなくなって、試合に出させてもらえなくなったんだって。バッターとしてアメリカから来たのに、機能せずにベンチにいる。ちょっと可哀そうなんだけど、その状態が『機能せずにそこにある建物の一部』に似ているから、こういう物件を見て回っている人たちによって、『トマソン』って呼ばれるようになったんだって」

「へぇー。おもしろ。……ってか亜可美、詳しすぎない？」

私はうつむいた。

「左門先輩に聞いたの？」

「いや、実は」

こないだ、授業がひとつ休講になってしまった時に、私は前から気になっていた大学近くの古本屋に足を運んだ。古びた棚に並べられた文庫本の背表紙をつらつらと見ていたら、「トマソン」という字が飛び込んできたので、迷わず引き出した。

本の中にあったのはまごうことなきトマソンたちの写真。左門先輩の喜ぶ顔が目に浮かんだ。裏表紙をめくって見ると、「¥１０００」の値がつけられていた。高いと思ったけど、ここはヘンたての一員としての矜持を見せつけるべき場面だと（誰に対してなのかわからないけど）購入したのだった。

「そこまでして左門先輩に近づきたいの？」

星加はニヤニヤしていた。

「そんなんじゃないよ。私も、興味があるだけ」

「またまたー」

つんつんと私の脇腹を突いてくる星加。

「いいじゃん、左門先輩、きっと彼女いないよ」

本当に、そういうんじゃない。

あの長い髪と丸メガネ。左門先輩は、いろいろ面倒を見てくれるし、きっと悩みがあったら相談にも乗ってくれる。一人っ子の私が心のどこかで憧れていた、お兄ちゃんみたいなものだ……と、思う。

「まあ、とにかく、明日詳しい話をするから、昼休みにラウンジ集合だって」

「うん」

私は小さな声で返事をして、飲みかけのマッコリの缶に手を伸ばした。

2. いざ静岡

七人乗りのワゴン車に乗っていた。

私と星加は隣同士で一番後ろに座って、毎度のことながらポッキーを食べている。すぐ前には鈴木くんと左門先輩。助手席には沙羅先輩。そして運転席でハンドルを握っているのは、今日も真っ赤なフードつきダッフルコートに身を包んでいる鰺村先輩だ。先輩のお父さんの知り合いがレンタカー会社の支店長で、格安で貸してくれるので、いつも運転係は鰺村先輩らしい。

「本当に、今日中に帰ってこれるんですか？」

鈴木くんが左門先輩に尋ねている。

「ああ。鰺村の運転次第だ、なあ！」

左門先輩は警備員バイトの夜勤明けで一睡もしないままの参加なので、ちょっとハイだった。

「それは任せてほしいな」

運転席から運転中は鰺村先輩が応える。

「頼むから運転中は哲学、するなよお、鰺村」

「生きるということは常に、哲学と隣り合わせだ。だが事故につながるのを避けるため、そういった思考は中断している。中断と言っても無論、現象学における『エポケー』とは異なるがな」

鰺村先輩は哲学的冗談を言ったらしく、自分で笑った。何がおかしいのか、誰にもわからない。

「鰺村以外に運転免許を持っているのは、沙羅しかいないからな」

「え、沙羅先輩、免許をお持ちなんですか？」

鈴木くんが聞いた。

「一応、去年の冬に免許合宿でね。でも今は完全なペーパードライバー。どっちがブレーキでどっちがアクセルか、忘れてしまったくらいよ」

運動音痴はこういうところにも影響するんだ。

「沙羅、君はなぜ免許を取ろうと思ったんだ？」

鰺村先輩が尋ねる。

「DVDをレンタルするためです」

「何？」

「運転免許証がないと、会員証を作れないから」

「そんなの、学生証でできるだろう」

「それって、学生の身分に甘えているっていうことになりません？」

鰺村先輩はしばらくのあいだ、考えていた。

「嘘です。本当は、学生証でも会員証を作れることを知らなかっただけ」

「君は本当に面白い人間だな」

たいして面白くもなさそうに鰺村先輩が言って、それっきりその話題は立ち消えた。

「もう少し晴れていたら、気持ち良かったかも」

沙羅先輩は誰に言うともなく、窓の外を見てつぶやく。

あいにくの曇り空。六月の梅雨が近づいていることを感じさせた。

私たちは今この天気の中を、静岡に向かっている。日帰りの予定で、物件を見て写真を撮るのが目下の目的だ。

「江戸時代のトマソン」。それが、今回の物件だ。


「四月から同じゼミになった吉羽《よしば》っていうやつから聞いた物件だ」

星加の部屋に泊まった次の日の昼休み、私たちはいつものラウンジで左門先輩の説明を聞いていた。沙羅先輩はサラダパスタ。鈴木くんはカレーパン。私と星加は明け方までくだらない話をしていたから寝不足で、食欲がわかない。

「江戸時代のトマソンだよ」

左門先輩は嬉々たる表情で説明を始める。

吉羽塔一《とういち》さんは静岡県の出身で、高校時代までを静岡ですごした。彼が通っていた中学校というのが、少し変わっていて、江戸時代に築かれた、魚ヶ《うおが》瀬《せ》城《じょう》というお城の敷地をそのまま利用して建てられている。本丸その他の建造物は完全に撤去されて鉄筋コンクリート造りの校舎とグラウンドになっているけれど、堀と城壁、それに隅櫓《すみやぐら》がひとつ、市の文化財に指定されて残されているのだそうだ。

「すみやぐら？」

星加があくびを嚙み殺しながら疑問を挟んだ。

「それ、なんですか？」

「城壁の曲がり角に防御の目的で設置されている、小さな建物のことよ」

沙羅先輩がサラダパスタを食べるのを中断し、脇に置いてあったトートバッグから無地のルーズリーフを一枚取り出して、ペンで図を書きながら説明をしてくれた。

「江戸時代のお城っていうのは、戦争目的というよりも、城下町を治めるお役所という目的のほうが強かったのだけれど、やっぱり武士の世だから、攻められたときの防御に配慮された造りになっているわけ」

先輩は堀と、そこに面した城壁の俯瞰図を書いた。

「もし、外部から侵入するとしたら、どこから石垣を上る？」

お城にどうやって侵入するかなんて、普通は女子大生が考えるべき問題じゃないから、私は戸惑っていたけれど、横から鈴木くんが「ここですね」と、曲がり角のところを指差した。

「そう。負担のかかる曲がり角は石垣の強度を最も上げなければならないところだから、構造上、斜めに造らざるを得ない。だけど、そうすることによって身軽な兵士や忍者が上りやすくなってしまうのよ。だからその防御の弱さをカバーするため、石垣の角の上にあたる部分には特別に小さな建物を設置して武器庫にしておき、有事の時にはここから矢や鉄砲を撃ったり、上ってくる敵に対して石や熱湯を落としたの。これが隅櫓」

へーっ。ルーズリーフに書き込まれた建物の図を見ながら、私と星加は声を合わせて感心した。詳しいと思ったら、沙羅先輩は旅行好きのご両親に引っ張り回されて、小さい頃からあちこちの城郭を見て回ったのだそうだ。特に歴史が好きというわけではないけれど、お城は好きらしい。綺麗なだけじゃなくて知的だ。すごいなあ。

「吉羽さんの通っていた中学校には、この隅櫓が残されているんですか？」

鈴木くんが左門先輩に尋ねる。

「ああ。体育館の裏に当たる北東の隅にひとつ、この隅櫓が残されているらしい。そして、問題のトマソンはその隅櫓の脇にある」

「脇？」

「ああ。隅櫓の脇に、延長された城壁で囲まれた、まったく用途不明のスペースがあるようなんだ」

イメージがわかないので、首をひねると、左門先輩は沙羅先輩からペンを受け取って、さっきの図の隅櫓の脇に、小さめのスペースを書き込んだ。

「実物を見ていないから何とも言えないが、こういうイメージだ。現在はドアが設置されて中に入れるようになっているけど、もともとは出入り口が存在せず、本当に四方を壁に囲まれた、謎の空間だったようだ」

不可解さに包まれる私とは裏腹に、左門先輩の顔はいよいよ輝いてくる。

「まさに、江戸時代のトマソンだよ」

魚ヶ瀬城の歴史については、城好きの沙羅先輩が図書館で調べてまとめ、A4一枚の資料にして今朝全員に配ってくれた。

『室町時代に要塞として築城された山城が、慶長九年の「慶長《けいちょう》大地震」で壊滅的に崩壊したものの、その後元和年間に、この地を幕府から預かった厨和井《ずわい》義直《よしなお》という人物によって、より標高の低い位置（つまり、街に近い位置）に再興された。城主の厨和井義直は庭園が趣味であり、松を中心とした素晴らしい中庭を作り上げた（現在その場所はグラウンドになっていて、まったく当時の面影を残していない）。

彼は人格者として知られ、特にふすま職人や畳職人などを頻繁に出入りさせるほど、町人たちとも仲が良かった。また彼の娘である夏姫《なつひめ》は動物が好きで、城内には彼女が飼っていた動物たちの霊をまつった霊廟跡が残されている。その後、この城を中心とした魚ヶ瀬藩は家老の勢力争いである「白柳《しろやなぎ》騒動」という事件があったものの、それ以外は厨和井家の子孫による平穏無事な治世が、廃藩置県まで続いた。

明治時代の廃城令により建物自体は取り壊され、残された城壁と土地は国の所有物になった。学制の施行とともに学校が建てられ、現在では「魚ヶ瀬城址中学校」として引き継がれている。なお、昭和十九年に起こった東南海地震によって古くなっていた城壁は八割がた崩壊してしまっており、工法や材料などは江戸時代のものが踏襲されているが、現存する城壁と隅櫓は戦後に改修したものである』

……肝心の、隅櫓と、その脇に残されている謎のスペースの用途については、図書館の情報では何も見つからなかったらしい。

「左門、結局そのスペースは、現在どんな用途で使われているんだ？」

運転席から鰺村先輩が尋ねた。

「現在でもまったく意味のない空間だ。だが吉羽が言うには、中学生たちにとって重要な意味を持つ空間になっているらしい」

「というと？」

「愛の告白」

急に甘酸っぱい話題になりそうだった。

「謎のスペースがある場所は体育館裏、学校の隅っこだからな。放課後、気になる異性を呼び出したりして、ここで告白をするんだそうだ。それで付き合い始めたカップルは幸せになれるというジンクスがある」

「素敵じゃないですか！」

星加が目を輝かせる。星加の好きそうな話。すぐにでも歌にしそう。……私はそこまでじゃないけれど、たしかにいい話だとは感じた。

「左門、なかなかセンチメンタルなことを言うじゃないか」

鰺村先輩が極めて意地悪な口調で言った。

「俺だって笑ったさ。だけど吉羽の話じゃ、そのスペースでの告白をきっかけに交際を始めたカップルは本当に長続きするらしくて、現に吉羽も、中学三年の時にそこで告白して付き合い始めた彼女と、もう六年目だそうだ」

「ほう」

「それどころか、あいつより何年も前に卒業した生徒の中には、結婚までこぎつけたカップルが十組以上いるらしいぞ」

結婚、という言葉は重い。そこまでいくカップルがいるなら、なんていうか「ご利益」がある気がしてくる。

鰺村先輩もそう思ったのか、もう茶化すつもりはないようだった。

そうこうしているうちにインターチェンジの表示が見えてきて、ワゴンは車線変更。ぐるりと迂回するような道路を走り、一般道へ出た。

3. 謎の狭間

魚ヶ瀬城址中学校——。木造の立派な橋を渡って目の前に現れた大きな門の脇には、そう書かれた木の札が下がっていた。

こんな立派な門が、中学校のものだなんて信じられない。堀の幅はゆうに二十メートルはある。石垣があって、その上に漆喰づくりの立派な城壁が続いている。

沙羅先輩はその光景に感動した様子で橋の上で足を止め、欄干に手をやった。ボーダーのカットソーの上に水色のカーディガン。濃い目の色のパンツからすらっと伸びる足が長い。

「見事な狭間《さま》ね」

「さま？」

私は聞き返す。

「城壁に開いている、あの小さな窓のようなものよ」

指差す先を見る。白い城壁にずらりと、三角や丸、細長い四角の穴が開いていた。

「あれ、何に使うと思う？」

「さあ……風通しのためですか？」

私の答えを聞いて、後ろで、ケラケラと星加が笑った。

「亜可美って、本当に天然！」

「なによ」

「お城ってのは、武士の建造物なの。常に、攻められた時のことを考えて造られてるんだよ」

「じゃあ星加は知ってるの？」

「もちろん。あれは、鉄砲とか矢で外の敵を攻撃するための穴」

星加の答えを受けて、沙羅先輩はうなずいた。

「こういうお城に入る時はまず、石垣の積み方、そして城壁の狭間の状態を見るのよ。自分が、あの穴から狙われているつもりでね」

沙羅先輩は欄干にもたれ、長い髪を梳きながらほほ笑んだ。……あの穴のすべてから自分に向けて鉄砲で狙われている。考えただけでも背筋が寒くなりそう。

かしゃり。

シャッターを切る音がした。私たち女子三人を、左門先輩が自慢のデジタル一眼レフで撮っていたのだった。その後ろで鈴木くんが笑っており、鯵村先輩はすでに門の中に入ってしまったようで姿がない。

「もー、左門先輩、チーズとかなんとか言ってくださいよー」

星加が髪を整えながら文句をたれる。

「行くぞ」

左門先輩に促され、私たちはあとを追った。

門は二重構造になっていて、中に入るとすぐ脇に「管理室」と書かれた小さなプレハブの建物があった。その前で、鯵村先輩が、管理人さんと思しきおじさんに止められている。

「どうした、鯵村」

「僕は歓迎されていないみたいだよ」

……「文化財の隅櫓をご覧になりたい方は、中の職員に声をかけてください」と書かれた白い看板がそこにあったので、鯵村先輩は遠慮なく声をかけたのだったが、管理人さんは鯵村先輩を入れたくないみたい。理由はもちろん、彼の着ている赤いダッフルコートだろう。初見、たしかに不審者に見える。

「すみません、俺たちは、東京の幹館大学という大学のサークルで」

左門先輩がにこやかに説明するも、彼も長髪&丸メガネ、ラブ&ピースのジョン・レノン風の見た目だから、意地悪そうな顔の管理人のおじさんはさらに警戒心を強め、眉を険しくする。

「学生証か何か、持ってる？」

私たちは全員、財布から学生証を取り出して見せた。

訝しげに私たちの学生証を見ていた管理人さんだったけれど、鰺村先輩の学生証を見て、明らかに顔色が変わった。

「ごめんなさいね。どうぞ、中へ」

やっぱり、鰺村先輩の通っている大学は、天下に名を馳せている。まるで水戸黄門の印籠みたい。

「僕は、僕の学校の学生証を見てああいう風な態度をとられるのが一番嫌なんだ」

鰺村先輩は不機嫌そうだった。

「彼は『現出』しか見ていないんだ。通っている大学で、その人間の本質を知覚できるわけがないというのに」

「まあまあ、入れたからよかったじゃないか」

「そうですよー」

私たちは先輩をなだめながら、サッカー少年たちが精を出すグラウンドの端を歩いていった。

体育館が、近づいてきた。

匂いってすごい、と思う。

この時期の体育館特有の、湿気と汗臭さが混じった匂い。

それをかいで、私は、中学校の頃のバスケットボール部のことを思い出していた。

ドリブルの音。バッシュが床と擦れ合ってたてる音。もう一本、とか、ほら走れ走れ、という掛け声。嗅覚に続いて、聴覚からノスタルジアが引き出されていく。顧問の先生の怒号。次第にうまくなっていく友人たちと、それを見て焦る私。活動終了後、惨めな気持ちになりながら、チームメイトとはげましあった暗い帰り道。そんなものが頭の中にどんどん蘇ってくる。

カーテンがひかれて中は見えないけれど、十分だった。

「中川さん、どうしたの？」

鈴木くんが声をかけてくれた。他のみんなはもう、すぐ後ろの「告白スペース」の中に入って見物を始めている。

「私、中学の頃、バスケ部でさ。なんだか、懐かしくなっちゃった」

「そうなんだ」

「って言っても、全然うまくなかったけどね」

しばらく沈黙。体育館の中から青春真っ盛りの女子中学生たちの声が絶え間なく聞こえる。鈴木くんは私に付き合って、しばらくそこにいてくれた。

「ごめんね。先輩たちのところに行こう」

私は笑顔を作り、鈴木くんを促して、そのスペースに向かった。城壁の向こうの曇天の下に、青々とした、クジラのような形の山が見えた。

漆喰の壁につけられた、アルミ製のドア。周りに合わせて白く塗られており、鍵は取りつけられていない。中ではすでに、左門先輩がはしゃぎ回り、星加や鰺村先輩に対して「そこ、どいてくれる?」などと言っては写真を撮りまくっている。

広さは私たち六人が入っても、まだ余裕がある。ドッジボールは無理だけど、卓球くらいはできそう。今入ってきたドア以外には出入り口はなく、四方は漆喰の壁。下はコンクリート。左手の壁の向こうは堀で、正面の壁の向こうが、市の文化財に指定されているという隅櫓になっている。【見取り図1参照】

非日常的な空間で、ここに中学生の男の子が女の子を呼び出して(あるいは逆パターンもアリか)、告白をするなんて、考えただけでも甘酸っぱい。私は中学生のころからそういう浮いた話には縁がなかったから(人並みに好きな男の子はいたけれど、引っ込み思案な性格が災いして、卒業まで一回も話すことができなかった)、羨ましさと惨めさが入り

見取り図1

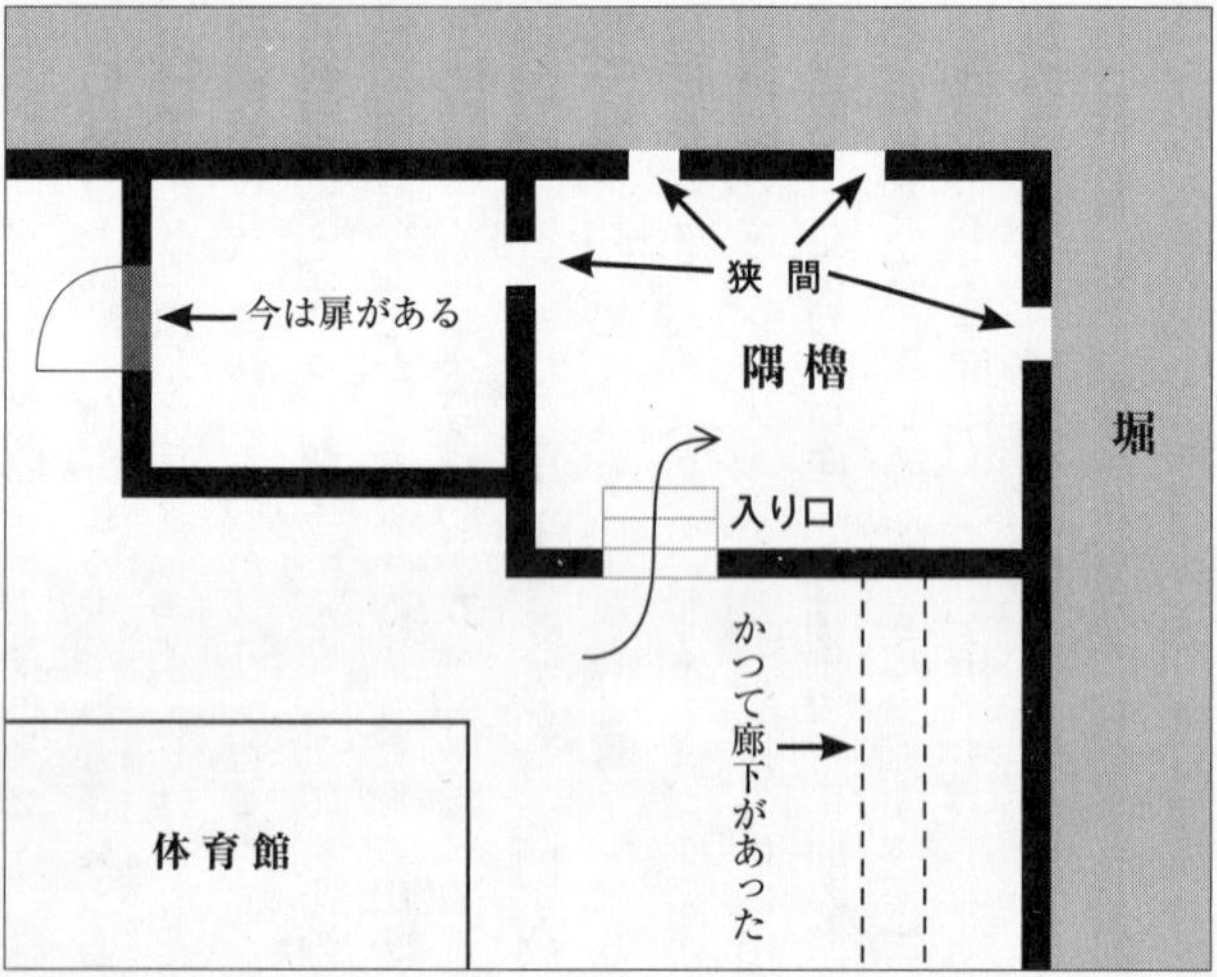

混じっていた。

「不思議」

その時、腕を組んで壁にもたれ、ある一点を見ていた沙羅先輩がつぶやいた。

「鯵村先輩、どう思います、あれ？」

沙羅先輩が指差したのは、正面、隅櫓側の壁の地上二メートルくらいのところに開けられた細長い四角形の穴だった。狭間だ。縦に細長いところから見て、隅櫓からこちらへ矢を射るためのものと思われる。

「僕も今、君にそれを聞こうとしていた。なんだあれは」

二人は見つめあったまま、同じ方向に首をかしげた。

――かたや、ファッション誌から出てきたようなスタイルのいい女性。かたや、真っ赤なダッフルコートを羽織ってフードまで被った小柄な男性。この二人は、タイプが全然違うけれど、どこか通じ合っているのかもしれない。こないだの「ローマの平日」での飲み会の時、沙羅先輩の彼氏のことについて左門先輩や星加が根掘り葉掘り聞こうとしたのに対して、「別にいいじゃないか、沙羅がしゃべりたいことをしゃべらせてあげれば」と制したのは鰺村先輩だった。沙羅先輩はその時、鰺村先輩の顔をちらっと見て口元をちょっと緩めると、皿の上に残っていたパセリをつまみ、鰺村先輩に向かって放り投げたのだ。パセリは赤いダッフルコートの袖に当たって落ちた。このやりとりに、私はなんとなく、二人の心のつながりを感じていた。……全部私の勝手な分析。

「一体、何が不思議なんですか？」

星加が二人に尋ねた。

「狭間っていうのは、攻めてくる敵に対して矢を放つためのものでしょ。ところがこのスペースは完全に周囲を閉ざされた空間」

私たちがここへ入ってきた白いドアがとりつけられたのは、このお城の敷地跡が学校として使われるようになってからあとのことで、江戸時代には四方が壁だったはずだ。

「どうしてこの空間に向けて、狭間が空いているんだ？」

疑問を口にする鰺村先輩。

「なるほど」

「不思議ですね」

星加に続き、鈴木くんも首をひねる。

「トマソンさ」

長い髪を左右にやりながら、左門先輩が割り込んだ。徹夜明けのテンションと相まって、丸メガネの向こうの目が生き生きとしている。

「出入り口のない閉ざされた空間。さらに、その敵が侵入しえない場所に向けて開けられている狭間。まさに、江戸時代にしかありえなかったトマソンじゃないか！　ははは、超芸術だ」

「しかし、初めから何も目的を持たずにこんな空間を作るというのはやっぱりおかしいじゃないか。中川、君はどう思う？」

鰺村先輩はいきなり私に話を振ってきた。

「え？　わかりません。トマソンじゃないんですか」

「さすが！　中川さんはわかってるなあ」

ニコニコする左門先輩。少しうれしくなった。鰺村先輩は私の意見が不満だったようで、ふん、と鼻から息を出した。

「とりあえず」

鈴木くんが口を挟む。

「隅櫓の中にも入れるみたいですから、中からこっちを覗いてみませんか？」

一時間後、私たちは近所で見つけたラーメン屋に入って、注文の品が来るのを待っていた。

狭い店内。日曜の昼時でそこそこ混んでいるので、本来四人用のテーブルに椅子を二つ運んできて、無理やり六人で身を寄せ合っている。私はしくじって鯵村先輩と星加に挟まれるような席になってしまった。体がけっこう密着して、星加はまあいいのだけど、右隣の赤いフード付きダッフルコートが暑苦しくてたまらない。なんでこれからラーメンを食べようっていうのに、コートを脱がないんだろう？　そしてなんで汗ひとつかかないでいられるんだろう？　鯵村先輩、謎だらけだ。

「中川さん、大丈夫？」

真正面から鈴木くんが心配してくれた。彼の左隣は沙羅先輩。右隣は左門先輩。私と同じ状況だ。

「大丈夫。ちょっと狭いけど」

顔を見合わせて笑った。爽やかな笑顔だ。

「これ、上梨田先輩に見せたら、羨ましがるぞ」

デジタル一眼レフを操作して、自分の撮ってきた写真を確認しながら、左門先輩はニヤニヤしている。

「たしかに上梨田先輩もああいうの好きそうですよね」

星加が調子を合わせた。この二人はもう、あのスペースが何のために造られたのかはどうでもいいようだった。

対照的に、私の右隣で展開されているのは、鯵村先輩・沙羅先輩の頭脳派コンビによる推理合戦だ。

「鯵村先輩、やっぱり処刑場というのは間違いだと思います」

「そうか？」

処刑場――この、非日常的で暴力的な説を鯵村先輩が唱えたのは、隅櫓の中でのことだった。

隅櫓の扉は鍵がかけられておらず、中に入ることができた。綺麗に板敷で整えられており、土足厳禁。二階建てになっていたけれど、上るための階段は封鎖されていて、一階部分しか見ることができなかった。そこに掲げられていた説明パネルをよくよく読むと、現在は撤去されてしまったのだけれど、北の城壁に沿って廊下が設置されており、北東の隅にここと同じような構造の隅櫓があり、さらにそこから延びた渡り廊下で、厨和井義直や夏姫の生活空間である屋敷とつながっていたということだった。

例の狭間は一階部分、ちょうど人間がしゃがんで矢を射ることができるくらいの高さに設置してある。隅櫓自体が少し高い位置に建てられているので、狭間を覗くと二メートルほど下に、さっきまでいたコンクリートの地面が見えた。

向こう正面にはアルミ製のドア。昔はあそこにも出入り口がなかったとすると、この脇のスペースは、閉ざされた不思議な空間だ。一体、何のために……ともう一度考えていたら、処刑場じゃないか、と鯵村先輩が言い出した。罪人をこの空間に放置し、狭間から執行人が矢を射る。罪人はおののきながらあの狭い空間を逃げ惑うが、何せ出口がないものだから、いつかは矢に射られて絶命してしまう。

まったく、なんて残忍なことを考えるんだろう。

「厨和井義直は温厚篤実な人柄で、農民・町人に慕われていました」

沙羅先輩は小さなグラスの中の水を見つめながら、淡々と反論を続けている。

「鯵村先輩の言うような悪趣味な処刑方法を考えるとは思えません」

「悪趣味、か。たしかにそうだな」

「それに、わざわざ処刑を城内の一角でやる必要があるんでしょうか」

「僕も、処刑場ではないと思います」

沙羅先輩の意見に賛成したのは鈴木くんだった。

「罪人をあの空間に放り込むとしても、梯子か何かで無理やり登らせることになりますよね。抵抗されたら大変じゃないですか？　それに、死体をあそこから引き揚げて外に出すのも手間だし」

「じゃあ鈴木、君は何か仮説を持っているのか？」

鈴木くんは「一応」と言ってうなずいた。

「庭園だったんじゃないですか？」

「庭園？」

「はい。厨和井義直は、松の木を植えた素晴らしい中庭を作っていたはずです。あの小さな空間にも、庭石だとか木だとかを置いてこぢんまりとした自分だけの庭を作ったとしたら。あの狭間は、実は狭間に見せかけた小窓だったんですよ」

「それはどうだろうな」

鯵村先輩は首をかしげる。

「あそこは城の北西。もっとも日が当たらないところだぞ。そんなところに庭園を作るだろうか」

「ああ……」

「それに、もし庭園だったとして、手入れはどうする？　やっぱり中に入らなければならなかっただろう」

渋い顔をしながらうなずく鈴木くん。

「あの」

鈴木くんが少し可哀そうになったのと、私も思いついたことがあって、口を挟んだ。

「枯山水っていう可能性はどうですか？」

「かれさんすい？」

「はい」

高校生のころ、修学旅行に行った京都で見た。いくつかの庭石と、その下に敷き詰められた白い砂で水を表現するものだ。たしか竜安寺の「虎の子渡し」っていう庭が有名だったはず。

「あれだったら、実際に植物を育てるわけじゃないから日当たりがよくなくてもいいじゃないですか。それに、手入れも少なくてすみそうです」

「それは違うわ」

反対したのは、意外にも沙羅先輩だった。

「枯山水は雨や風ですぐに模様が失われてしまうから余計に手入れが必要なのよ。その際に足跡が残るとまずいから、オープンなスペースに造られることが多いわ」

「そうなんですか」

「出入口がなかったら、枯山水は無理ね」

「はい、味噌ラーメン二つねー」

私たちの会話は、店のおばちゃんによって運ばれてきた味噌ラーメンに遮られた。鰺村先輩と左門先輩のだ。

「これ、チャーハンのスープねー」

私と星加の前に、スープが置かれる。

「中川、そんなに気を落とすことはないさ」

左門先輩に割り箸を手渡しながら、鰺村先輩は私に声をかけた。

「え？」

「重要なのは、君が自分で考えた可能性を口にしたことだ。枯山水。面白いじゃないか」

「はい。ありがとうございます」

私は少しだけ嬉しくなって口元がほころぶ。正面で鈴木くんもうなずいていた。

「私は、鈴木くんの言う、『庭園』っていう説には一理」

「レバニラ定食のライスとスープねー」

沙羅先輩の言葉は、再びおばちゃんに遮られた。ちなみにレバニラ定食は沙羅先輩自身のオーダーだ。

「『庭園』っていう説には一理」

「はいタンメンー」

タンメンは、鈴木くんのオーダー。

「一理あると」

「チャーハン、こちらのお嬢さん二人だったっけ？」

そう、チャーハンは私と星加だ。

さっきから沙羅先輩のセリフがおばちゃんによって遮られてばっかりで、申し訳なくなった。

「一理あると思うんです鯵村先輩」

合間を縫って、驚くくらいの早口で沙羅先輩は鯵村先輩に告げたけれど、先輩は味噌ラーメンのもやしを口いっぱいに頬張って熱がっており、「ん？」と聞き返しただけだった。

「というのも、あの当時、白井由紀重《しらいゆきしげ》と柳江勝元《やなぎえかつもと》という二人の家老が、筆頭家老の地位を巡って勢力争いをした『白柳騒動』っていう事件があったんです。そのとき、白井由紀重が詠んだ俳句が残されているんですが」

「はい、レバニラ」

沙羅先輩の前にレバニラの皿が置かれた。

「……あとにしますね」

「ああ、それがいいだろう」

狭いテーブルいっぱいに運ばれた中華料理。私たちは身を寄せ合って、昼食をとった。

4. 告白

体育館前に来てみると、もうバスケ部の練習は終わっているみたいだった。中を覗いたわけではないけれど、音でわかる。これはバスケットボールじゃなくて、バレーボールだ。それでもやっぱり、懐かしさがこみあげてきて、ちょっと鼻が痛くなる。

空を見上げたら曇り。午後になっていよいよ雲行きが怪しくなってきた。

ラーメン屋を出たあと、みんなは近くの歴史資料館に行くと言い出した。沙羅先輩が、例の二人の家老の勢力争いについて詳しく知りたいと言ったことに鯵村先輩が乗り気で、もう写真を撮って満足しきっている左門先輩が同調し、星加や鈴木くんもそれに従ったのだ。

だけど私は一人、この中学校へ戻ってきた。もちろん先輩たちには断って。

たいした理由があるわけではないけれど、朝から歴史の勉強っぽいことで脳が疲れていたのと、やっぱりさっきのノスタルジックな体験が響いていたのだと思う。

懐かしくはあったけれど、さっきほどではなかった。

なんだか、団体行動を一人で乱しているみたいで罪悪感が湧き上がってくる。きっと先輩たちは優しいから私のことを咎めたりはしないだろうけれど、ちょっと面倒くさいと思われているかもしれない。

ふと思い立って、ポケットから沙羅先輩が作ってくれたA４の資料を取り出して読んでみた。やっぱりだ。厨和井義直の娘、夏姫が飼っていた動物を供養した廟の跡がこの中学校の敷地内にある。これはまだ見ていない。

――他のみんなが見ていないのだったら、これは私が見ておかなければ。何かのヒントになるかもしれないし。

私は説明文に添えられた簡単な地図を頼りに、北側の城壁に沿って歩き出す。かつてここにも、廊下が通っていたことは、隅櫓の説明パネルに書いてあった。今は隅櫓の跡もない北東の隅までやってきた。そのまま南に曲がって少し進むと、プールがあり、更衣室の脇の茂みの中に、小さな祠があった。

そばに建てられた古めかしい石の柱には「鳥獣之廟」という文字。ああ、これだこれだ。なんとなくその前にしゃがんで、手を合わせて目をつぶる。目を開けると、その前には御線香をたいた跡もお供え物もなくて、なんだか寂しかった。祠の壁には何かつる性の植物がへばりついていて、丸い花びらの、小さな白い花を咲かせている。どこかで見たことのある植物だった気がするけど、名前が思い出せない。

夏姫が飼っていた動物って、一体どんな動物だったんだろう？

鳥獣之廟。

……鳥？

ハッとした。ひょっとしたらあの狭間、鳥の出入り口だったんじゃないだろうか？　夏姫はたくさんの小鳥を飼っていたんじゃない？　それで、お父さんの厨和井義直は、あの隅櫓に自由に出入りできるように、小鳥用の窓を狭間のように開けた。っていうことはあの隅櫓全体が、鳥小屋だったとか。

……いやいや。そんな馬鹿な。城郭っていうのは、武士の建造物なんだった。

「中川さん」

とりとめもなく考えていたら、後ろから声をかけられた。

鈴木くんだった。

「あれ、どうしたの？」

「先輩たちはまた、資料館で議論を始めちゃって。ちょっと退屈になったから、抜け出してきたんだ」

「そう、星加は？」

私は立ち上がる。

「一緒に話し込んでるよ」

「ふーん」

バカだなあ、星加は。せっかく鈴木くんと二人きりになれるチャンスなのに。

「ねえ、もう一度、あのスペースに行ってみない？　俺、ちょっと気になることがあってさ」

あれ……？　鈴木くん、自分のこと「俺」って言ってたっけ？

「うん」

変な違和感を覚えながらも、私は鈴木くんと連れ立って再び体育館方面へ歩き出した。

空の雲は暗くなっていて、いつ雨が降り出してもおかしくなさそうだった。

「――鯱《しゃち》の行く　瀬に若やぐや　老い柳」

隅櫓へ向かいはじめてしばらくすると、鈴木くんは言った。

「何それ？」

「白井由紀重が詠んだ句だよ」

魚ヶ瀬藩の筆頭家老だった人物の名前だ。私は沙羅先輩がレバニラ定食を食べながら説明していた内容を思い出す。

家老っていうのは、江戸時代の藩における藩主（魚ヶ瀬藩の場合は厨和井義直）の補佐役で、家来のうち頭（もしくは家柄）のいい人が何人か抜擢されてその役職についている。

そのリーダー格が「筆頭家老」で、権力も強いしお給料もいい。

魚ヶ瀬城ができて数十年の間は、厨和井義直の信頼の厚かった白井由紀重がこの筆頭家老だったけど、彼も年を取って病気にかかって、いよいよ危ないということになり、筆頭家老の座を譲らざるを得なくなった。白井由紀重はその座を自分の息子である三十歳の白井道重《みちしげ》に譲りたがったけれど、ここで立ちはだかったのが、同じく家老で、長らく白井親子のライバルだった柳江勝元だ。彼は周りの家老や城内の若手武士たちを次々と仲間に引き入れたり、厨和井義直の娘の夏姫に贈り物をしたりして、由紀重亡き後の筆頭家老に自分が就任するような根回しをした。

自分が死んだあと、息子は筆頭家老はおろか、この城からつまはじきにされてしまうかもしれない……この状況を憂いた白井由紀重が日記に残していた句が、さっき鈴木くんが口にしたものなのだそうだ。

「どういう意味？」

「白井道重の幼名は『鯱丸』っていうんだって。つまり、『鯱』っていうのは、道重のこと。で、『瀬』っていうのはこの『魚ヶ瀬城』そのものを指しているらしい」

「うん」

「『若やぐ』っていう言葉は、『若々しく見せる』という意味らしくて、そこから考えると、『老い柳』は、若手の武士たちを味方につけている老練の柳江勝元のことを指していると解釈できるんだって」

私にも、だいたい意味はわかった。

「つまり、自分の息子である白井道重の前に、若手の武士たちを味方につけて立ちはだかる柳江勝元め、忌々しい、っていう気持ちを表しているってこと？」

「そう」

鈴木くんはうなずいた。

「だけど、それは裏の意味で、表の意味は、単純に白井由紀重が生活していた家老屋敷から見た光景じゃないかって、沙羅先輩は言うんだ」

「どういうこと？」

私たちはすでに、体育館の前まで来ていた。

「さっき資料館で古地図を見てきたんだけれど、どうやら沙羅先輩の睨んだ通り、この体育館のあたりに、家老屋敷はあったみたいなんだ」

そして鈴木くんは例の告白スペースの向こうを指差した。遠くに、さっきも見た、クジラのような形の山がある。

「あの山、魚みたいに見えるでしょ？　正確には違う名前らしいけれど、地元では鯱山って呼ばれているんだって」

クジラじゃなくて、シャチか。そう言えば、クジラにしては形がシャープかもしれない。

それに、白井道重の幼名も、地元の人に影響していたのかもしれないし。

「そしてね、このあたりから景色を見たとき、あのシャチを遮る形で実際に柳の木が生えていたんじゃないかって、沙羅先輩は言うんだよ」

体育館と漆喰の壁の間のスペースはわずかだ。ここに柳があったの？

「実際には、家老屋敷自体はここらへんまであったらしい」

鈴木くんはもう少し壁に近づいたところまで歩いてから振り返った。

「そんな狭いスペースに木なんか植えたら大変じゃない？」

「そう。だから、柳は、この壁の向こうの謎の空間に植えられていた可能性があるんだ」

私は想像した。謎の空間に植えられた柳の上部がにょきっと突き出ていることを。その向こうの山をシャチに見立てたとき、家老屋敷から見ると、ちょうどシャチの顔のあたりを遮る形で柳が茂っていることになる【見取り図2参照】。

――鯱の行く　瀬に若やぐや　老い柳
うん。光景が見えた。

「だから、このスペースは柳を植えたちょっとした庭園だったんじゃないかって」

「なるほどね。完ぺき」

「うん……本当にすごいよ、沙羅先輩は」

鈴木くんはため息を漏らすように言った。

見取り図2

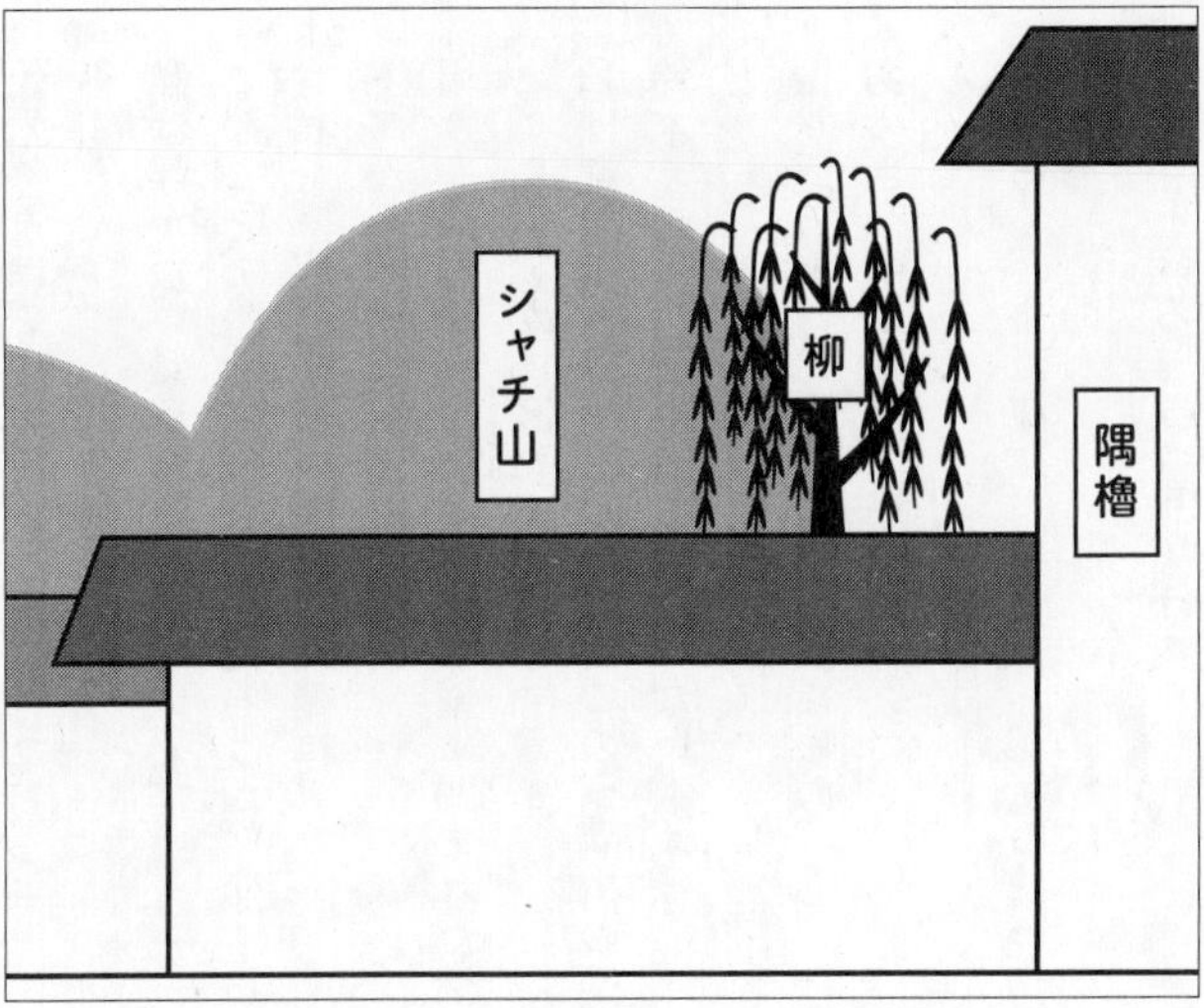

「俺は尊敬するよ、沙羅先輩」

その横顔を見て、なぜか星加の顔が浮かんできた。私は妙な胸騒ぎがした。

「ねえ、鈴木くんって、ひょっとして、沙羅先輩のこと……」

「え？」

「好き、とか？」

すると鈴木くんは一瞬きょとんとしたあと、大きく首を振った。

「そんなことない、そんなことない」

この大げさなリアクション、怪しい。

……と同時に、哀しくなってきた。私がこんな形で、星加の恋が届かないことを知ってしまって。でも、星加のことは、口が裂けても言えない。

「ねえ、中川さん、もう一度入ってみようよ。この向こうのスペース」

鈴木くんはごまかすように言った。

「……うん」

私は浮かない気持ちでついていく。

このこと、星加に言うべきだろうか。恋する気持ちにはしゃいでいた星加に、言えないよ。私も、応援するって決めたのに。

ドアから入って、閉める。

周りを江戸時代と同じ漆喰の壁に囲まれた空間。隅櫓から開けられた狭間。

「ここに、柳があったのかな？」

私は壁に歩み寄った。きっとこの、隅櫓の壁に近いところに植わっていたはずだ。

鈴木くんは、何も答えてくれない。

「どうしたの？」

振り返ると、鈴木くんはただならぬ、どこか緊張した表情を浮かべていた。

「あのさ、中川さん」

「ん？」

しばらく、また沈黙。ぽつりと、私のほっぺたに水が落ちてきた。

「あ」

空を見上げる。ぽつり、ぽつり。

「ねえ、降ってきちゃった」

雨宿りしに行こう、と言おうとした、その時だった。

「俺、中川さんが好きだ」

「え？」

私の前髪は、おでこにぴったりくっつきはじめていた。

「付き合ってほしいんだけど」

………付き合う？

私と鈴木くんが？

そんな、何を言われているのかわからない。

……という感覚とは別のところで、私はこの意味不明のスペースの、現代的な用途をようやく思い出していた。ここは、男子が女子を呼び出して（その逆もアリだけど）告白するところ。ここでの告白がきっかけで付き合い始めたカップルは幸せになるという噂のある、青春の隅櫓トマソンなのだった！

鈴木くんが、私をからかうような性格じゃないのはわかっている。でも私は、今まで誰にも告白なんてされたことがないし、高校の時にただ一人付き合った彼だってただなんとなくそうなっただけで別れは最悪だったし、って今はそんなことは関係なくて、一番重要なことは、星加が鈴木くんのことを好きなのに、鈴木くんが私のことを好きってことで、そんなの信じられない。

「なんで」

私は思考の混沌の中で、それだけ言った。

「中川さん、『ローマの平日』で、鯵村先輩の推理を遮って、お祖母ちゃんのゴーヤを切っちゃダメ、って言ったでしょ？　その瞬間、ちょっと泣いてた。ああいうことを言える女の子、会ったことがなかったから」

鈴木くんは理由を明確に言ってくれた。しかも、私の涙にまで気づいていた。

嬉しいと言うべきなのかもしれない。でも言えない。鈴木くんとは付き合えない。だって、星加が鈴木くんのこと、好きなのに。でも、それを私が今ここで言うわけにはいかなくて……。

雨足はこの数十秒の間にすごく強くなっていた。私も鈴木くんもびしょ濡れだった。

「とにかく、雨宿りに行こうよ」

結局、私が言おうとして遮られた言葉は、鈴木くんの口から出された。

雨はいっこうにやむ気配を見せない。

私と鈴木くんが逃れたのは、隅櫓の中だった。近くて雨宿りができそうなところが、ここしか思い当らなかったからだ。

私と鈴木くんは靴を脱いで、床に座り込んでいる。微妙な距離。会話はさっきから、一切、ない。電気がないので暗い。激しい雨音に混じって、雷まで聞こえてきた。だいぶ心細いし、体も冷えてきた。

少し前なら、本当に十数分前だったなら、鈴木くんと身を寄せ合って、寒さをしのぐことだって平気だったと思う。私が大学に入って作った、数少ない友達だし、二回もおうちにお邪魔しているし、一緒にカレーまで作った仲だし。

だけど今は違う。鈴木くんから告白されたわけだし、私が少しでも「その気」を見せたら、「オッケー」っていうことになっちゃう。そうしたらもちろん、星加に対する裏切りになってしまい……。

「この脇に柳があったところで」

鈴木くんは壁にもたれて、狭間の向こうを眺めていたのだけれど、突然言った。

「ここからじゃその光景、よく見えないね。庭園の説はやっぱり違うのかな」

……ごまかそうとしているのだろうか。それとも、私が何にも言わないからあきらめたのだろうか。

そう。あきらめて、あんなのは一時の気の迷いだった、ってことになればいい。うん。

それでいい。

「私の仮説、聞いてもらってもいい？」

私は思い切ってそう言った。

「仮説？」

「そう。さっき、夏姫ちゃんが飼っていた動物のお墓の前で考えたの」

「夏姫ちゃんって言い方、かわいいね」

ドキッとしたけれど、そのコメントは無視する。

「その隙間、狭間じゃなくて、窓でもなくて、小鳥の出入り口だったんじゃないかって」

「小鳥？」

「そう。夏姫が飼っていた小鳥は、そこから自由に出入りできるの。で、この隅櫓は実は、大きな鳥小屋だったの」

「すごい、大胆な仮説だね」

鈴木くんは驚いていた。

「日本の城で、隅櫓が一個まるまる鳥小屋として利用されていた例って、あるんだろうか」

たぶん、ない。沙羅先輩に聞いてみないとわからないけれど。

「でも、その説にしても、この脇のスペースが四面閉ざされている理由にはならなくない？」

「そうだね」

なんだか、久しぶりの会話があったかかった。

そう思った矢先、

「ねえ、さっきの話、やっぱりダメかな？」

全部戻されてしまった。

「少し、考えさせてもらってもいい？」

自分でもずるいと思う。断ればいいんだ。でも、断っちゃったらやっぱりそこで友情のバランスは崩れるし。それとは別に、どこかで私も、鈴木くんを……、いや、そんなことはない。

「うわ、こんなとこにいた！」

心臓が飛び出るかと思った。星加がいきなり入り口から顔を覗かせたからだった。

「いましたよ、鯵村先輩」

後ろを振り返って手招きをする星加。そして、もう一人、不機嫌な顔をした赤ダッフルコートが現れた。

「君たちは、何をやってるんだ」

「わ、私は言ったじゃないですか、またここを見学しに戻るって」

「とにかく、すごい雨だ。もういい時間だし、東京に帰るぞ」

迎えに来たわりには、二人は傘を一本ずつしか持っていなかった。どっちかがどっちかと相合傘だ。

もし私が鰺村先輩と相合傘になったら、鈴木くんは星加と相合傘になる。二人で話しているうちに、鈴木くんがさっきのことを、万が一、万が一、告げたとしたら……うわ、考えただけで怖い。死んでも、鰺村先輩との相合傘を避けなきゃ！

「鈴木、僕の傘に入れ」

私のシュミレーションなど全く無視して、鰺村先輩は鈴木くんを指名した。

……なんだよ。

5. トマソンの意味

行きとは違って、最後部座席に左門先輩と鈴木くん、運転席のすぐ後ろの席に星加と私。そして、運転席・助手席は変わらず、鰺村先輩と沙羅先輩だ。

インターチェンジまでのけっこう広い道、沿道には飲食店やなんかが並んでいる。雨足はさらに強くなってきて、フロントガラスのワイパーはフル稼働だった。

左門先輩はさすがに徹夜明けの疲れが出てきたのか、丸メガネを胸ポケットにしまってぐっすり眠っている。その横で鈴木くんはずっと黙っている。……私たち新入生三人に、会話はない。

——ねえねえ、鈴木くんと、何を話してたの？

相合傘の中で、星加が尋ねてきた言葉を思い返す。

——え？

——ひょっとして、愛を語ってたとか……

——そ、そんなわけないじゃん！

前を行く二人とは結構距離があるし、雨音が強いのでこちらの会話は聞かれていないはずだった。

——冗談だって。そんなことになってたら、私、承知しないから。

——うん。

そう言って私は無理やり笑顔を作った。私の気持ちに気づいてクラチャイ！　という星加のバカバカしい歌詞が、妙に切なく頭の中に聞こえた。

そして車に乗り込んでからは、気まずい（と思っているのは私だけかもしれないけれど）沈黙がずっと続いている。

「おでん、食べたいですね」

助手席で、沙羅先輩が自分の膝を撫でながら言った。雨の中を大急ぎで車まで走る途中、やっぱりコケてしまって、水溜りでひざをすりむいてしまったそうだ。水色のカーディガンにも無残に泥の跡がついている。

「おでん？」

「静岡は、やっぱりおでんでしょ」

「ああ、そういえばそんな話も聞いたことがあるな」

鯵村先輩はあまり乗り気ではないようだった。

さっき傘の下で星加が語ったところによると、資料館でも彼は「僕は未熟だ……」と頭を抱えて推理を始めたけれど、どうやら結論には納得せず、自分でその推理を取りやめたらしい。鯵村先輩と言えども、小説の中の名探偵みたいに、決めゼリフを言ったら必ず謎を解決できるわけじゃないんだね、と、星加は笑っていた。

「姫路《ひめじ》のおでん、食べたことありますか？」

「いや、姫路には行ったことがない」

「あれ、鯵村先輩、山口出身でしょ？」

「いつも新幹線で通過するだけだ」

「そうなんですか。姫路のおでんはね、しょうが醬油で食べるんですよ。これが、すっごくおいしくて。ねえ、今度、みんなで姫路に行って、姫路城を見学したいですね」

「姫路城は、ヘンたてじゃないだろう。ユネスコに認められた、天下の世界遺産だ」

「そう。姫路城にはね、女性たちが居住していた『化粧櫓《けしょうやぐら》』っていうのがあるんですよ。本来、戦のために造られた『櫓』に『化粧』っていう言葉がつけられているところが、どこかコケティッシュだと思いません？」

「コケティッシュか。僕の辞書にはない言葉だ。相変わらず面白い『志向性』を持っているな、君は」

鰺村先輩と沙羅先輩との会話をぼーっと聞き流しながら、鈴木くんは今、後部座席でどういう表情をしているのだろうと考えていた。

その時だった。

「鰺村先輩、私、わかったんですよ」

沙羅先輩は、会話の流れを断ち切るように突然告げた。

「何が？」

「あの中学校の、隅櫓脇のスペースがどういう目的で造られたか」

「ええっ!?」

真っ先に大声をあげたのは、星加だった。

「本当ですか？」

と身を乗り出す。

「ええ」

「聞いてみたいな」

鰺村先輩も驚いたように言った。

「左門先輩は、眠っている？」

「はい」

最後部座席から鈴木くんが答える。

「よかった。……今回の物件、左門先輩にはトマソンと思っていてほしいし、それに、左門先輩のゼミの友だち、名前、何って言ったっけ？」

「えっと……」

と星加が首をひねる横で、私は思い出していた。

「たしか、吉羽さん」

「そう。その人にはあまり知らせたくないから、この話」

一体、どういうことだろう。斜め後ろから見た沙羅先輩の端麗な顔は、無表情に見えた。


「まず、柳が植わっていた位置だけど、それは資料館で確認したね」

沙羅先輩は推理を披露し始める。

「あの、すみません。私、資料館に行っていません」

私は申し訳なく思いながら、口を挟んだ。

「ああ、そうだった。ごめんなさい」

沙羅先輩の解説によると、資料室の奥に当時の魚ヶ瀬城の間取りを詳細に記した古地図のコピーがあって、そこで確認したところによると、築城当時、あのスペース内には柳の木が植えられており、その位置は狭間のすぐ脇だったそうだ。……白井由紀重の俳句から私と鈴木くんが推理した位置と、ほぼ一致していると言っていい。

「戦後の改修の時に、もともと土だったところをコンクリートで固めてしまい、柳のこともこの時点では忘れ去られてしまっていたから再現されなかったのね」

「その、柳が大きく関わっているということですか？」

私が尋ねると、沙羅先輩は雨の打ちつけるフロントガラスを見たまま深くうなずいた。

「ポイントは、夏姫が動物好きだったということね」

「そう言えば、中川さんがそれについて一つ、仮説を言っていました」

鈴木くんだ。私は恥ずかしくなって否定する。

「いいんだって、あれは」

「何、亜可美。仮説って」

と、星加。沙羅先輩も振り返って促したので、私は「鳥小屋説」をおずおずと披露した。

「なるほどね。でもやっぱり、隅櫓一つがまるまる鳥小屋だったというのはちょっと突飛かな」

「はい。私もそう思いました。だからいいっていったのに」

恨めしく思って後部座席を振り返ると、鈴木くんは笑っていた。星加の視線が怖くてすぐに前を向く。

「夏姫がたくさん飼っていたのは、小鳥じゃなくて、猫よ」

「猫？」

「そう。白井由紀重が老齢になっていよいよ引退という時、筆頭家老の座を狙う柳江勝元が、夏姫に気に入られようと贈り物をしたこと、覚えてる？」

「はい」

「その中に、子猫がいたのよ」

沙羅先輩の言葉に、運転席の赤いダッフルコートの肩がぴくりと動いた。

「本当か、それは」

「ええ。鰺村先輩が考えている間に、私、もう一度資料室に戻って調べたんです。柳江勝元の贈り物の中に、子猫が一匹いました。それどころか、父親の厨和井義直も相当の猫好きで、一時期、屋敷には二十五匹もの猫が飼われていたそうです」

「そんなにですか？」

星加の驚きの声を横に、私はあることを思い出していた。

「鰺村先輩！」

「どうした、中川」

「先輩、植物に詳しいですよね。この時期に小さな白い花を咲かせる、つる性の植物って言ったら、なんですか？」

「急に言われてもな……」

と一度は口ごもったものの、この話の流れから、すぐに私の言いたいことを先輩はわかってくれた。

「ひょっとして、マタタビのことか？」

「やっぱり」

子どものころ、植物図鑑で見たことのあったマタタビの写真が、私の記憶のどこかにあったのだ。「鳥獣之廟」の祠の脇に茂っていたあの白い花の植物はマタタビだ。私がそれを説明すると、先ほどまで疑わしげだった鯵村先輩も納得したようだった。

「マタタビは、猫が好む植物だからな。知っていた誰かが植えたのかもしれない。あの城に猫がたくさん飼われていたことには間違いないのだろう」

沙羅先輩も助手席で満足そうにうなずく。

「さて、二十五匹もの猫が城内に飼われていたら、大変なのはなんでしょう？」

突然、車が止まった。

「運転に集中できない」

鰺村先輩はサイドブレーキを引きながらつぶやいた。

「沙羅、おそらく君が言いたいのは、庭園のことだろう。江戸時代には松を植えた豪華な庭園があった。猫たちにそこを闊歩されては、爪とぎで松が台無しになってしまう」

さすが、植物を愛でる鰺村先輩ならではの視点だ。

「そう。だから猫は屋内で飼うことにしたんです。それで、ふすまや畳はぼろぼろに」

「そう言えば、厨和井義直はふすま職人や畳職人を頻繁に城に招き入れていたって、資料に書いてありましたね」

鈴木くんが合いの手を入れた。

……猫がダメにしちゃったふすまや畳を取り換えるためだったんだ。そりゃ、二十五匹も屋内で猫を飼っていれば、取り換えも早くなるよね。

「さて、二十五匹の猫をお座敷で飼うとしたら、ふすまや畳がぼろぼろになることの他に、どんな問題が出る?」

沙羅先輩の質問の前に、再び、沈黙。

だけどこの沈黙は、さっきよりも早く破られた。

「トイレ、とか？」

何言ってんの星加、と言おうとしたけれど、沙羅先輩がうなずいたので私は飲み込んだ。

「そう。しつけられていたとしても、二十五匹もの猫がするフンを片付けるだけでもかなりの手間でしょう？　だけど外に出すと、あちこちでフンをされるかもしれない。猫は土に穴を掘ってフンをしたあと埋めるけれど、さすがの厨和井義直でも、自慢の庭でそんなことをされるのは嫌だったのでしょうね」

「っていうことは……」

「城の一番はずれの隅櫓の脇にスペースを作って、屋内からでも外に出られるように小さな穴を作り、そこで用を足せるようにしつけたのよ」

あの狭間は、小鳥じゃなくて、猫の出入り口だったというわけだ。城中の猫があの穴を抜けて、人間に邪魔されないあのスペースで用を足す。でも……。

「戻ってくる時はどうするんですか？」

あの穴は外からは二メートルくらいの高さの位置にあった。猫は着地が得意だから、隅櫓から外に出ることはできるかもしれないけれど、跳ね上がって狭間がある高さまで飛び上がる跳躍力はないと思う。

すると答えは、助手席からではなく運転席から帰ってきた。

「柳だよ、中川」

ハンドルに両腕を載せている鯵村先輩の口調には、すでに沙羅先輩の意見に全面同意するという気持ちがこもっていた。

「柳の木肌は猫がしがみついて上るのにちょうどいい。用を足した猫たちは柳を伝って上り、狭間から中へ入って行ったんだ」

……なるほど。だから狭間のすぐ脇に、柳は植えられていたんだ。

「なんでそんな回りくどいことをしたんですかね」

今度は星加が疑問を口にする。

「もう少し低い位置に抜け穴を作ってあげてもよかったのに」

「これは私の憶測だけれど、お座敷猫は運動不足になるでしょう。庭でいたずらをされては困るから外には出してあげられないけれど、せめてトイレのときだけは運動をさせてあげたいという、厨和井義直の考えだったとしたら？」

星加は少し考えていたけれど、納得したようにうなずいた。

「さて」

沙羅先輩は推理を締めくくりにかかっていた。

「やっぱり、あのスペースで告白に成功して、付き合い始めた中学生カップルには、聞かせられないでしょ、この話」

「どうしてですか」

「自分たちの付き合うきっかけになったあのロマンチックなスペースが、もともと猫のトイレだったなんてね」

……鈴木くんは今、どんな表情をしているのだろう。振り向けない。絶対に、振り向けない。

　ふっ、と運転席から笑い息が聞こえた。

「中川、足元に傘があるから取ってくれないか」

「え？　外に出るんですか？」

「ああ」

　鯵村先輩は、窓の外を指差した。雨の向こうに小さな居酒屋風の店舗があり「おでん、お持ち帰りできます」と書いてあった。

「静岡は、おでんが有名なんだろう？」

　と、ドアを開ける。

「わ、私も行きます！」

　鈴木くんと同じ車内にいるのがなんとも気まずくて、私もドアを開けた。どしゃ降りでも、外のほうがいい。

「すごい雨だな」

　激しい雨の中、ばたんとドアが閉められる。

　私は、鯵村先輩と連れ立って、走り出した。

　江戸時代のネコのトイレが、時を経て告白の場に使われている。この事実を単純な笑い話にしてくれない初夏の豪雨が、恨めしかった。

第四話「サークル対抗ミステリーグランプリin回転ずしホテル」

1．開　幕

「オウオウ、オメエラ、ヨクキタナ」

すし職人風割烹着姿で、背中から大漁旗が突き出たその人形は、口をパクパクさせながら挨拶した。

「コノホテルノ従業員ガシラノ、〝タイリョウ・ハタノシン〟ダ。ヨロシクタノムナ！」

もちろん、実際に声を発しているのは人形じゃなくて、後ろで彼を操っている、黒いシャツの男性だ。

私たち「幹館大学ヘンな建物研究会」代表五名を含む総勢十六人の大学生たちは、ロビーの床に敷かれたブルーシートの上に体育座りをして、いやに江戸っ子然とした腹話術人形、タイリョウ・ハタノシンの狂言回しを見せられている。

するとと、突然フロント脇のドアが開いて、一人の警官が登場した。

「いやあ、参ったぞこれは。難事件だ」

もちろん彼も役者さんだ。セリフが妙に芝居がかっている。

今度は逆サイドから、青いブレザーに半ズボン、すね毛丸出しの役者さんが飛び出した。

「おやこれは、ガリヤ警部じゃないですか」

「ややっ。お前は！」

「お手軽値段にお手軽メニュー、流れるレーンに何思う？　たったひとつのサビ抜き見抜く。体はシャリ、頭脳はネタ、すし探偵、江戸川むらさき！」

うわうわ。まずいんじゃない、これ？　怒られるんじゃない？

一応言っておくけれど、黒縁のダテメガネや、赤い蝶ネクタイは着けていない。

隣の人たちが、なぜか舌打ちをした。男二人、女一人の三人組。三人とも、カラスの羽をあちこちにあしらった黒いマントを身にまとい、真っ白な顔にアイシャドウと黒い口紅、おまけに目には真っ赤なカラーコンタクトを入れていて、ビジュアル的にかなり怖いけど、しっかりと「浦和経済大学Ｍｙｓｔｅｒｙ Ｌｏｖｅｒｓ」と書かれたゼッケンを装着している。紅一点（って言っても、みんな黒いけど）の彼女は、宇仁野《うにの》さんという名前だった。

「素人探偵がこんなところで何をしているんだ」

ガリヤ警部は演技を続けている。

「やだなあ、警部。僕のすし好きは、警部もご存じじゃないですか」

「むむ。そう言えばそうであった」

「そういう警部こそ、なぜこの『回転ずしホテル大漁旗』へ？……あ、ひょっとして事件とか？」

「素人探偵が口を出す幕ではない！」

「またまた、水臭いんだから。お役に立てるかもしれないじゃないですか」

こんな調子のやり取りがこのあとも続いたけれど、結局ガリヤ警部は江戸川むらさきを捜査に加えることに賛同し、現場を見に行こうと言い出す。そこで役者二人はストップモーションとなった。

「オウオウ、オメエラ、現場ニ移動スッゾ、サッサト立チヤガレ」

狂言回しのタイリョウ・ハタノシンに促され、私たち大学生はぞろぞろと立ち上がる。と同時に、江戸川・ガリヤの二人はダッシュでハケていった。

「現場ハ三階ダ、ツイテキヤガレ」

階段を上がり、廊下を曲がり「３０８号室」へ。十六人全員が入っても、少しは余裕がある。扉を入ってすぐのところに「死体」（髪の長い女性型マネキン人形で、なぜかアオザイを着ている）が突っ伏していて、周りに白い人型が描かれている。部屋の中央のテーブルには、お茶の入った湯飲み茶わん。それに三枚の回転ずしの皿があった。ネタはそれぞれ、エビ（一貫だけ）と、手つかずの鉄火巻、シャコ。色つやから見るに食品サンプルっぽいけれど、そこは目をつぶろう。

一見何の変哲もない、窓のない部屋。だけど、正面奥に、このホテルの一番の特徴である、それが動いていた。

……右の壁から左の壁に向けて、コンベア状のレーンが流れており、その上にはエビやマグロ、カリフォルニアロールの載せられた皿が運ばれているのだった。

きっかけは三日前の水曜日、夜八時半のことだった。

昼間はごった返す学生ラウンジも、これだけ夜遅くなれば人がまばらだ。

私はヘンたてがいつも占領している長椅子に一人座って、頭を抱えて考え事をしていた。

もちろん、鈴木くんのこと。

魚ヶ瀬城址中学校、隅櫓脇の青春スペースで、あろうことかどしゃ降りの雨の中、鈴木くんからぶつけられた言葉が脳内を巡り巡っていた。

――俺、中川さんが、好きだ！

あの時は、突然言われたことに戸惑ってしまったし、雨が降っていたし、星加の気持ちを聞いたあとだったしで、どうやって断ろうかということしか考えていなくて、結局曖昧にごまかしてしまった。

数日経って頭を冷やして考えると、鈴木くんの気持ちが……嬉しい、と思ってしまう。

私は小学生の頃から泣き虫で、悲しくても悔しくても嬉しくてもすぐに泣いてしまうのがコンプレックスだった。高校生になってからはさすがに簡単に涙を流すようなことはなくなったけれど、大学生になってからも、ちょっとアルコールが入ると感情的になって涙をこぼしてしまうことが、上梨田先輩のご実家での一件を始めとして明らかになって、嫌だなあ、と憂鬱になっていたのだ。

でも、鈴木くんは私が「ローマの平日」で涙を溜めたのを見て、好きになったと言ってくれた。私が嫌で嫌でしょうがないコンプレックスを、好きだと言ってくれた。鈴木くんのあの顔を思い出して、もう一度言ってほしいとさえ思う。ほっぺたが熱くなる。ひょっとして、私、鈴木くんのこと……。

だめだめだめ。だって、星加のほうが先に鈴木くんのことを好きになったのだから。

「あれ、中川さん」

癒し系の声がして、私は振り返った。左門先輩と、その後ろにふっくらした体型の、スーツ姿の男性が立っていた。三十歳くらいだろうか。汗っかきらしく、ハンカチでしきりに額を拭いている。

「左門先輩」

「ちょうどよかった。福崎さん、うちのサークル員です」

福崎さんと呼ばれた男性はスーツの内ポケットを探り、カード入れを出すと、名刺を一枚抜き取って私に差し出してきた。

「株式会社タイリョウフーズ、企画部の福崎と言いますー」

やけに腰が低いその人の名刺には、たしかにそう書かれていた。隅っこには魚が飛び跳ねている絵が描かれた大漁旗のイラスト。どこかで見たことがあると思ったら、四月に先輩たちに連れて行ってもらった回転ずし屋「さすらい大漁旗」のシンボルマークだった。

福崎さんは幹館大学総合サークル紹介誌「ミキダテクラブ」のホームページでヘンたてのことを知り、左門先輩に連絡を取ったのだそうだ。左門先輩は今日七限まであったのでそのあとで待ち合わせして、閉館間際の学生ラウンジで話を聞く予定になっていたらしい。

左門先輩は私の隣、福崎さんは私たちの正面に座り、さっそく話が始まる。私も流れで話を聞くことになった。

「実はわたくしどもタイリョウフーズが経営する回転ずしチェーン、さすらい大漁旗が、房総半島南部にホテルをオープンするのですが、そのオープニング企画であるミステリーイベントのリハーサルに、ぜひともヘンたてのみなさんに参加していただきたいのです」

「ミステリーイベント？」

私と左門先輩は声をそろえて聞き返す。福崎さんはカバンの中からクリアファイルに入れた企画書を取り出し、私たちの前に置いた。「回転ずしホテル大漁旗ミステリーイベント」というタイトルだ。〝**船を出せ！　さすれば答えは見つからん！**〟というフレーズが毛筆縦書きでどどんと目に飛び込んでくる。

「とある劇団に依頼しまして、回転ずしホテル大漁旗の一室で、女性が殺害されたという事件を設定しました。容疑者は三人います」

参加者は三～五人でチームを組み、一泊二日のうちに三人のうちの誰が犯人かを当てるという趣旨が書いてある。お試し企画の意味合いが強いのでまずモニターとして大学のサークルに参加してもらい、もし成功すれば、次は一般客ファミリー向けに行なうのだという。すでに三つの大学が参加表明をしており、ぜひあと一チームくらい加えたいとのことだった。

「お話はわかったのですが……」

左門先輩は怪訝な顔をしている。

「なぜ、うちのサークルなのですか？　ミステリー研究会なら、いろんな大学にあると思うのですが」

すると福崎さんはとたんに弱気な顔になった。

「それがですね。各大学とも『ミステリーイベント』というタイトルが気に入らないらしいのです」

「タイトル？」

「ええ。自分たちが研究しているのは『ミステリー』ではなく『ミステリ』だと、言うのです」

つまり、伸ばし棒があるかないかの違いってことだ。

「一体、何が違うのですか？」

「私にはわかりません。中には『ミステリィ』と小さい『ィ』にしてくれれば考えてやらないでもないというサークルもあったのですが、もうタイトルは決定しておりまして。結局ミステリー研究会で参加表明をくださったのは浦和経済大学の『Ｍｙｓｔｅｒｙ Ｌｏｖｅｒｓ』さんだけでした」

他の二チームは「茅ヶ崎水産大学すし同盟」と「松戸国立大学クイズ研究会」。ミステリー研究会……じゃなくて、ミステリ研究会はない。

「うちの大学にもクイズ研究会はありますが」

そうだ。私も新歓期に一度、そのサークルを覗いたことがある。速攻であきらめたけれど。

「クイズ研究会二つはきついです。クイズを始めてしまうかもしれませんし」

福崎さんは額の汗を拭いた。

「それに、私が言うのもおかしな話ですが、このホテル、ヘンな建物なんですよ」

これを聞いて、左門先輩のジョン・レノン風丸メガネがキラリと光った。

そして、目の前に広げられたそのホテルの見取り図に、私と左門先輩の目は釘付けになった。

【見取り図1参照】

四階建てのホテル。一階はフロントとロビーと食堂、そして大浴場。二階から上は客室になっている。そして……各階、西の端は「厨房」で、そこから何かが伸びて全客室と「すしラウンジ」なる空間を巡り、厨房に戻ってきている。

「これは？」

左門先輩は尋ねたけれど、私にはもうわかっていた。だってこのホテルの経営母体は、回転ずしチェーンなのだから。

「全客室の中に、回転ずしレーンが通っております。宿泊客のみなさんは、いつでも好きな時にすしをつまめるというわけです」

「なるほど」

「今回、参加者のみなさんは宿泊費も無料。そして、一泊二日の間は、何皿召し上がっていただいても無料です。さらに、犯人を見事に当てたサークルには、全国のさすらい大漁旗で使えるお食事券二十万円分を進呈いたします」

見取り図1

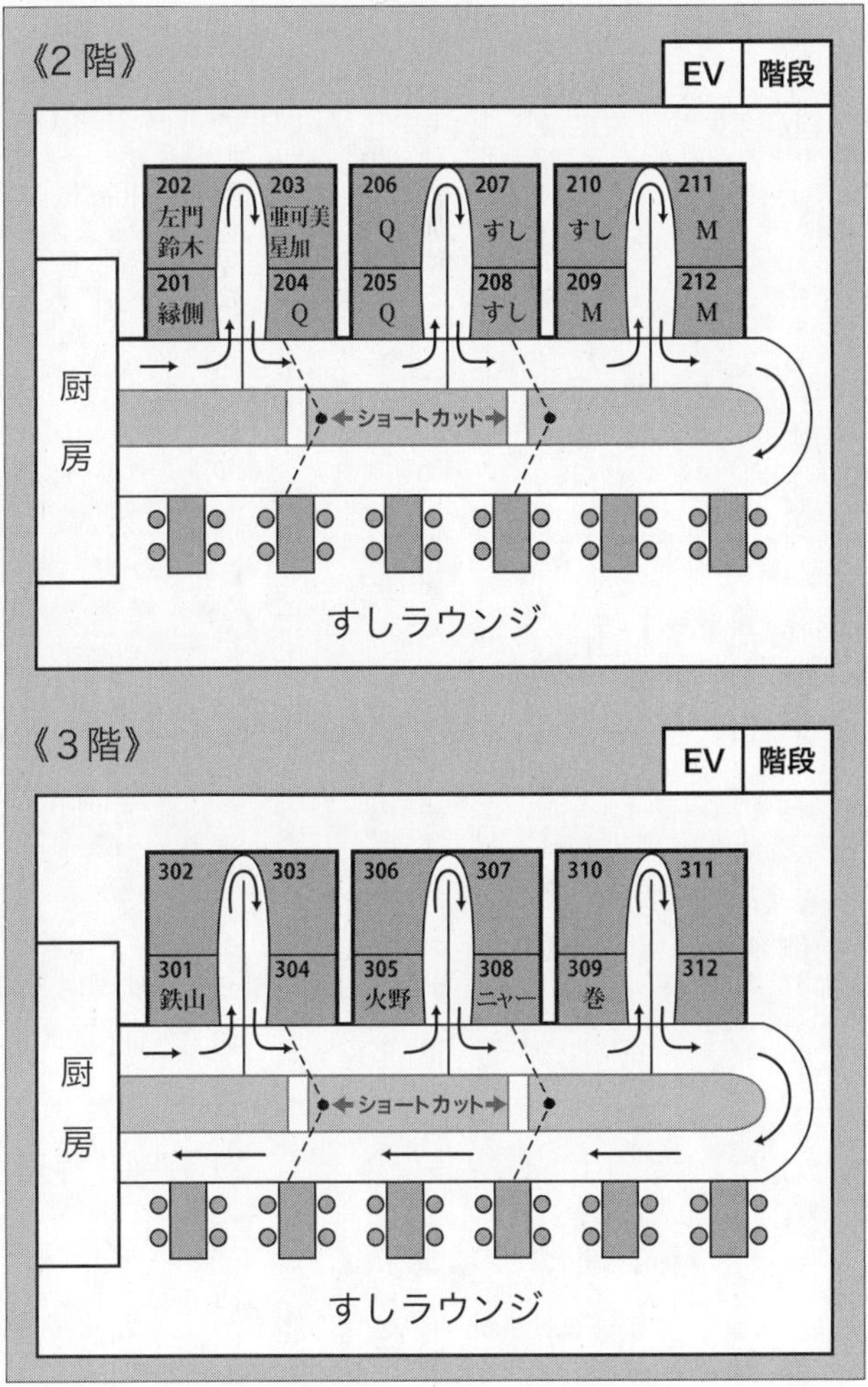
《2階》
EV
階段
202
左門
鈴木
203
亜可美
星加
206
Q
207
すし
210
すし
211
M
201
縁側
204
Q
205
Q
208
すし
209
M
212
M
厨房
ショートカット
すしラウンジ
《3階》
EV
階段
302
303
306
307
310
311
301
鉄山
304
305
火野
308
ニャー
309
巻
312
厨房
ショートカット
すしラウンジ

左門先輩の目は星のように輝いていた。左門先輩は、すし食べ放題や二十万円お食事券に惹かれたわけじゃない。

全客室を回転ずしのレーンが通っているホテル。これがヘンたて好きの心をつかまないはずはない。

先輩の横顔を見ながら、私の心の中からは、さっきまでのもやもやは吹き飛び、何かしらの闘志みたいなものが湧き上がりつつあった。

最近土日はお忙しいみたいねー、というお母さんの言葉を背中に浴びながら、私はこのイベントに参加することにした。残念ながら鯵村先輩は大学のゼミ懇親会ということで不参加。上梨田先輩は就活セミナーというわけで、「幹館大学ヘンな建物研究会」のゼッケンをつけることになったのは、左門先輩、沙羅先輩、鈴木くん、星加、私の五人だ。

ホテルに着くと、私たちはそれぞれ二階の部屋に通された。各大学にツイン部屋が三つずつだったので、左門先輩と鈴木くん、星加と私がペアになり、沙羅先輩は一人ということになった。

部屋の中を本当に回転ずしのレーンが流れていることに、星加は案の定興奮し、さっそく皿を取り上げ、中トロ極上一貫を口に放り込んでベッドに倒れこんだ。

「やっほーい、ヘンたて、ばんざーい」

足をばたつかせてクロールのようなアクションをする星加を「ねえ、ホコリがたつでしょ」とたしなめた時、左門先輩が呼びに来た。一階ロビーで、いよいよ事件概要が説明されるようだ。

「これ、ゼッケンつけてね」

手渡された「幹館大学ヘンな建物研究会　中川」というゼッケンをつけながら、星加と一緒に左門先輩のあとをついて階段を降りて行った。そこには、すでに各大学の代表者たちが出そろっていて、ブルーシートの上に小学生のように体育座りをした状態で、ひしめき合っていたのだった。

「わわわ、警部、彼女は一体、誰なんですか？」

素人探偵・江戸川むらさきが大げさな声を出してしゃがみ、アオザイを着た「死体」の顔を無遠慮に覗きこむ。ガリヤ警部はそのでっぷりとしたあごひげを右手でさすった。

「このホテルと取引のあるベトナムのエビ問屋の女社長、ニャーさんだ」

「ベトナム人？」

「ああ正確には日系ベトナム人だが。日本の回転ずしで食べられているエビの多くは東南アジアからの輸入品。さすらい大漁旗グループもほぼ百パーセント、ベトナム産のエビを使っている。安くて高品質だ」

回転ずしプチ情報を披露しながら説明するガリヤ警部。

「死因は一体、何です？」

「毒だ。この湯飲み茶わんの中から検出されている」

死亡推定時刻は昨夜九時ころ。同じ階には三人の客が泊まっており、全員ニャー社長と面識があるばかりか、多少恨みを抱いている。怪しいので、いまも自室待機させてあるとのことだった。

初めは胡散臭く思っていたけれど、だんだん面白くなってきた。早くその三人の話を聞いてみたい。

「犯人はおそらくニャー社長とここでしゃべっていて、隙を見て湯飲みの中に毒を入れたのだろう」

「自殺、ということは考えられないのですか？」

「床に倒れて自殺するか？　それに、テーブルに置かれているエビの皿を見てみろ。一貫だけ残されている」

たしかにそうだった。

「一貫だけ食べて自殺するのは不自然だろう」

「なるほどね」

それにしてもガリヤ警部も江戸川むらさきも、どうして他の二枚の回転ずしの皿については触れないのだろう。テーブルに載っているのはそれぞれ、鉄火巻とシャコ。回っているレーンからニャー社長が取ったという設定だろうけれど、両方とも手つかずだ。

と、思っていたら、二人はまた、ストップモーションになっていた。狂言回し役のタイリョウ・ハタノシンがわめき出す。

「オウオウ、ソコノ、髪ノ青イ姉チャンヨ」

「あたし?」

反応したのは、私の横に立っていた星加だ。髪に青いメッシュが入っているのは、参加メンバーのうち星加しかいない。

「ソノヒキダシノ中ニ、資料ガアルカラヨ、チョット出シテ、ミンナニクバッテクンナ!」

相変わらずぞんざいな口調のタイリョウ・ハタノシンに促されるまま、星加はそばの引き出しからクリアファイルを四つ取り出し、各大学の代表者に「ほい、ほい」と配っていった。

そこには、これから江戸川・ガリヤコンビが会いに行くであろう三人の簡単な紹介文が書かれており、ご丁寧にメモスペースまでつけられていた。

①鉄山《てつやま》テルユキ（三十二歳・男）３０１号室
福井県鯖江市出身。現在はニャー社長の下で秘書を務めているが、かつて父親が経営していた水産物加工会社をニャー社長によって倒産させられている。
②火野《ひの》飛鳥《あすか》（二十五歳・女）３０５号室
北海道苫小牧市出身。若い骨董商。どうしても欲しかった掛け軸を、ニャー社長に強引に競り落とされて以来、彼女のことを恨んでいる。
③巻《まき》ダイナ（四十歳・男）３０９号室
出身地不詳。謎の多い、カジノ経営者。最近ニャー社長に大きな勝ちを持って行かれ、経営が傾いている。ニャー社長の元恋人という噂もある。

2．推理勝負・緒戦　vsクイズ研究会・鯉住

「一九九七年のナゴヤドーム初の公式戦で、第一号ホームランを打ったドラゴンズの選手は誰でしょう？」

「はいはいはい！」

居合わせる男の子たちが顔を見合わせる中、ばんばんと、星加がテーブルを叩きながら

手を挙げる。

「じゃあ、幹館大学ヘンな建物研究会の伊倉さん」

「立浪和義《たつなみかずよし》選手!」

「せいかーい」

「よっしゃーっ!」

星加は男っぽいガッツポーズをして喜んだ。

「そんな伊倉さんには、この大トロを差し上げまーす」

出題者の、松戸国立大学クイズ研究会の多古山《たこやま》さんが、回っているレーンに手を伸ばして大トロを取り、星加の前に置いた。

江戸川・ガリヤコンビにくっついて容疑者三人の聞き込みを終えた私たち挑戦者は、「トットト謎解キヲハジメヤガレ、コノコンコンチキドモガ!」というタイリョウ・ハタノシンの叱咤《しった》により、突然現実世界に放り戻された。あの腹話術人形、江戸っ子口調にしてもロが悪すぎる気がする。

私たちは戸惑いながらも三々五々、捜査のようなものを始めたけれど、誰も彼もミステリー(ミステリ?)については素人。唯一それっぽい名前の浦和経済大学MysteryLoversのメンバーはぼそぼそと何かを相談したかと思うと、さっさと二階に降りて行った(ひょっとして彼らの「Mystery」っていうのは、「推理小説」っていう意味のミステリーじゃなくて、どっちかっていうと「神秘」に特化しているものなんじゃないだろうか。だとしたら、とんでもないミスキャストだ)。

三階は一階丸ごと、このイベントのために使われており、回転ずしレーンに載せられてぐるぐる回っているすしネタは、すべて食品サンプルだった。いちいちお皿の上に、テレビドラマでよく鑑識の人たちが置いている「1」とか番号が振られた小さな札が載せられていて、それだけでもシュールな雰囲気だ。

私たちはお互いをこそこそ気にしあいながら、一応、その回転ずしレーンなんかを観察していたのだけど、突然星加が「ちょっとヒマな人、一緒に二階に降りて、おすしでもつまみながら、お話ししませーん?」と大声で言い出した。

ほんっとに、呆れるくらい物怖じしない性格。この状況で、ヒマな人なんかいるわけないでしょ、とたしなめようと思ったら、意外にも松戸国立大学クイズ研究会の多古山さん(全員、ゼッケンに名前が書いてある)という、鼻筋に目立つほくろのある面長の男の人が「おおいいね、それ」と高いトーンの声で乗ってきた。さらに茅ヶ崎水産大学すし同盟の飯沢《いいざわ》さんという、水色ハッピにねじり鉢巻きの、浅黒くて老けた人も「やっぱ、すし食わないとな」と近づいてきた。

わらわらと集まり始める二つの同好会の人たちに、社交性がない私が怖気づいていると、後ろで沙羅先輩が、

「亜可美ちゃんも星加ちゃんと一緒に下に降りて話してきたら？」

と言ってくれた。

「他の大学の人たちとの会話の中に、思いがけないヒントを拾えるかもしれないから」

ということで、私も星加たちにくっついて二階に降りた。

クイズ研究会は幹事長の多古山さんを含めて四名、すし同盟は盟主の飯沢さんを含めて三名、そしてわれらがヘンたては、星加、鈴木くん、私の三人。

すべての階に設置されている「すしラウンジ」には、客室からレーンがつながっており、同じく食べ放題。私たちはすしをつまみつつ、自己紹介をしつつ、このイベントに参加することになった事情を話しつつ、趣味なんかを話しつつ、席替えなんかをしつつ……。

「では次の問題。落合英二《おちあいえいじ》投手が一球勝利を記録した時の最後のバッターは……」

「はーいっ！　阪神の、今岡誠《いまおかまこと》」

「ですが」

「うう……」

そして目下のところ、星加とクイズ研究会の多古山さんの間で展開されている勝負は「中日ドラゴンズクイズ」だ。初めはみんなでやろうと言っていたのだが、多古山さんのあまりのマニアックぶりにクイズ研究会の仲間たちもついていけないようで、ただ一人ドラゴンズファンの星加だけがノリノリで問題に挑んでいるのだった。

「一球敗戦を記録した時の最後のバッターは、同じく阪神の誰でしょう？」

「ええ？　打たれた相手？」

野球好きって、どうしてこうなんだろうなあ……。

「伊倉さん、野球好きなんだね」

かんぴょう巻きをつまみながら、鈴木くんがつぶやいた。

「うん。ドラゴンズファンだってのは知ってたけど、あそこまでとはね」

私たち二人は、野球に全然詳しくないし、そもそもああやってワイワイ騒ぐのに慣れていない。こうやって地味な感じでおすしを食べてるのが似合ってる。

……やっぱり鈴木くんといると落ち着く。

「どうかした？」

ぼーっと鈴木くんの顔を見ていたら聞かれたので、あわてて「何でもない」と、目の前のすしネタ湯のみ茶碗に目をやった。

「ねえ、魚へんに『包む』って書いて『あわび』って読むんだって、知ってた？」

「へーっ」

言いながら鈴木くんが眺めているのは、私のと違って「octopus」「squid」と、すしネタが全部英語で書かれているものだった。

「あんなに賑やかな会員さんがいて、いいですね」

その時、やたら痩せた、緑のプラスチックフレームのメガネをかけた男性が、私たちの正面に座りながら話しかけてきた。一度聞いたら忘れられないほど、かすれたような声。ゼッケンを見る。多古山さんと同じ松戸国立大学クイズ研究会で、名前は鯉住《こいずみ》さんというらしい。

「うるさいだけですよ」

私が言うと、隣で鈴木くんも笑った。鯉住さんは首を振る。

「でもうち、女の子がいないから」

そういえば他のサークルは男子ばっかりだ。……いや、浦和経済大学Ｍｙｓｔｅｒｙ Ｌｏｖｅｒｓには不気味な真っ赤なカラーコンタクトの宇仁野さんっていう女の人がいたっけ。

「ところで」

と、鯉住さんはメガネに手をやる。クイズ研究会っぽいしぐさ。よくわかんないけど。

「お二人は、さっきの三人の証言について、どう思われますか？」

私と鈴木くんは目を合わせた。

ついに切り込んできたか、クイズ研究会。

私はさっきの、江戸川・ガリヤコンビの聞き込みを思い浮かべた。

〈容疑者一人目、鉄山テルユキ〉

江戸川むらさきとガリヤ警部はまず、301号室へと足を運んだ。私たちもぞろぞろとついていく。

「初めまして。江戸川むらさきと申します」

「ニャー社長の秘書を務めております、鉄山です」

黒いスーツに身を包み、整髪料で髪の毛をぴっちりと七三分けにしたその真面目そうな人はかっちり三十度に腰を曲げてあいさつした。

「昨日のことを話していただけますか?」

「はい。社長は、以前から取引のあるこちらの会社のホテルがどういうものか興味を持っていたので、今回宿泊させていただくことになったのです。昨夜、ここに到着したのは午後八時ごろでした。社長と私は軽い打ち合わせの後、それぞれの部屋に別れました」

「ニャー社長の死を知ったのはいつです?」

「昨夜九時半ごろです。第一発見者の火野さんが、慌てた様子で部屋に来て、報告してくださいました」

「火野さん？」

顔をしかめる江戸川むらさき。横でガリヤ警部が解説する。

「305号室に泊まっている、若い骨董商さ」

ふむ。と江戸川むらさきはうなずいて少し考える。演技が自然になってきた。

「火野さんがこの部屋にいらした時、あなたは何をしていましたか？」

「お酒を飲んでいました」

「お酒を？」

「回転ずしと言えばファミリー向けだから酒類のメニューは少ないイメージがあるが、さすらい大漁旗はそんなことはない。ビール、日本酒、ワインに焼酎、カクテル類も豊富で、飲み放題プランもある。大学生にも人気なのだよ」

まくしたてるガリヤ警部。……なんなの？

「あなたは以前、父親の経営していた会社を、ニャー社長に潰されていますね」

江戸川むらさきは何もなかったように、再び鉄山さんに尋ねる。

「え？」

と、目を見張る鉄山さん。

「しかし、それはもう二十年も前の話です。私は今では社長に感謝しています」

「そうですか、ありがとうございました」

江戸川むらさきは意外とあっさり切り上げると、私たちが見守る間を抜けて、廊下へ出て行った。

〈容疑者二人目、火野飛鳥〉


「もう、早く帰してよ。明日は朝からお得意様と取引があるんだから」

肩までの髪をいじりながら、紫の、和服のような柄のニットを着た彼女は、ガリヤ警部に向かって文句を垂れた。今までの役者さんの中では一番演技が上手い気がする。

「もうしばらくご協力ください」

「あ、どうも。私、探偵の江戸川といいます」

「ふん。探偵？」

「お手数でなければ、昨日のことをお話しいただけますか？」

「お手数だけどまあいいわ。昨日は、ニャー社長がここに来ているっていうから、八時半にチェックインしたのよ。社長の指定したこの部屋にね。来てすぐに一度、社長に話をしようと思って部屋に行ったら追い払われて、ムカムカしていたからとりあえずのり巻きを食べようと思ったけれど、全然流れてこないから、このタッチパネルでたくあん巻きとかんぴょう巻きとかっぱ巻きを注文して……なによ、嘘だと思うなら、パネルの注文履歴を見てよ。これ、記録が残るんだから」

「いえいえ。それより、のり巻き、お好きなんですね」

「ええ。それに私、生ものがダメなの。甲殻類アレルギーも持っていて、エビなんかは、さわっただけでかぶれてしまうわ」

「そういうお客様にも楽しんでもらえるのが、メニューの豊富なさすらい大漁旗のいいところ。特にのり巻き好きは要チェック」

ガリヤ警部が割り込み、テーブルの上に置いてあった醬油入れを指差した。

「これはタイリョウフーズが独自に開発した、のり巻き専用醬油だ。一味違った楽しみ方をしたい人は、一階食堂の冷蔵庫の中にあるから、自由に持っていくといい」

ガリヤ警部、ちょいちょいプチ情報を挟んでくる。

「社長の死体を発見したのはあなただということでしたが」

江戸川むらさきは何にもなかったかのように話を進めた。

「そうそう。九時半ごろになっても話をしてもらえないから、部屋に押しかけたの。ドアの鍵がかかっていなかったので中に入ったら、社長が床に倒れていたわ。私もう、びっくりしちゃって」

「それで、301号室の鉄山さんの部屋へ呼びに行ったのですね？」

うなずく火野さん。ふむ。と、江戸川むらさきはあごを触る。

「あなたは以前、ニャー社長に、欲しかった骨董品を競り負けていますね」

「そうよ、掛け軸ね。今回はそれを譲ってくれないかという交渉するためにここにきたのに」

「その掛け軸にはそんなに価値があるのですか？」

「売り物としての価値はそんなでもないわ。でも、私の好きな書家のものだったから」

「そうですか……」

江戸川はガリヤ警部の顔を見て、「次、行きましょうか」と促した。


〈第三の容疑者、巻ダイナ〉


３０９号室は、今までの部屋とはちょっと違う雰囲気だった。壁全体が黒く、アロマでも焚いたかのようなにおいが充満していた。すし同盟の何人かはこのにおいが合わないらしく、廊下から部屋に入ってこようとしなかった。

「巻ダイナさんですね」

「……ええ」

革のジャケット、革のパンツ。金髪ショートカットで肌は白い。資料には四十歳の男性とあったけれど、そんな年齢には見えないし、女の人と言われてもわからない。中性的、と言ったほうがいいのだろうか。カラスの羽のマントを羽織った浦和経済大学のみんなに比べても、負けないくらいミステリアスだ。

「昨日は何時ごろに、こちらへ？」

巻さんは何も言わず、ただ、レーンの上を流れていくコハダやシメサバを、悲しげな目で見つめているだけだ。

「われわれの調べでは、六時半ごろにチェックインしたようだ」

見かねたようにガリヤ警部が江戸川むらさきに耳打ちする。

「ニャー社長がお泊まりになっていたのはご存知でしたか？」

「……ええ」

「あなたは社長に会いに来たのですか？」

何を聞いても煮え切らない。まったく、何もかも謎という雰囲気だった。

「……一人に、してくれませんか？」

「おお、孤独を愛する現代的人間！」

なぜか、ガリヤ警部のテンションが上がる。

「さすらい大漁旗はそんな都市型人間にも愛されるチェーンを目指している。東京都内のいくつかの店舗には、個室型カウンターが常備されていて、誰にも邪魔されない大人の回転ずしを楽しめる」

へーっ。そうなんだ。

「あなたは、カジノを経営なさっているのですね？」

江戸川むらさきはやっぱり淡々と聞き込みを続けている。

「ニャー社長にだいぶ、持って行かれたようですね」

「…………」

「噂によると、あなたは社長の元恋人だとか。どうして別れてしまったのですか?」

「…………」

「あなたは、ニャー社長に恨みを持っていますか?」

「……ええ」

その答えだけを聞くと、江戸川むらさきは部屋を出た。


「強いて言うなら、三人目の容疑者はもう少しとっつきやすいキャラにしてほしかったです」

私が正直な感想を述べると、鯉住さんは「たしかに」と笑ってくれた。

「僕は、ちょっと気になることがありました」

鈴木くんが語り出す。

「江戸川むらさきは、どうして、テーブルに置いてあったエビ以外の二つのすしに何も反応しなかったのでしょう?」

真剣な鈴木くんの横顔。そういえば、私も気になっていた。

「それは、きっとこの事件のヒントだからだよ」

鯉住さんが答えるより先に、野太い声が割り込んでくる。そのまま彼は、大きな体を、鯉住さんの横に滑り込ませた。

水色のハッピに、ねじり鉢巻き。目の小さい、四十代のような老けた顔。すし同盟の飯沢さんだった。

そもそもこの「すし同盟」というのは、茅ヶ崎水産大学にもう四十年も続く伝統あるサークルだそうで、全国のうまいおすしを食べて報告しあったりする活動を行なっているらしい。第四十代盟主の飯沢さんは、お父さんが業界トップシェアを誇るお酢メーカーの重役さんだそうで、タイリョウフーズともつながりがあり、今回のこのイベントに参加することになったということだった。

「シャコと、鉄火巻が……ヒント？」

鈴木くんのつぶやきを聞きながら、私の頭に閃きが生まれた。

「鉄山さんじゃない？」

「どうして？」

「鉄火巻の『鉄』が、鉄山さんの『鉄』を表してるんだよ、きっと！」

そうにちがいない。うん、私、冴えてるなあ。

すると鯉住さんがくっくっくと気味悪く笑った。

「僕もそう思いましたがね、他の二人の名前の一文字目にも注目してみてくださいね」

「え？……えっと、火野飛鳥さんの『火』と、巻ダイナさんの『巻』……あっ！」

すごい。三人の頭文字をつなげると、「鉄火巻」になる。

「どういうこと？　三人とも犯人なの？」

「そんなアクロバティックな答えは用意されていないと思いますね。名前はただの遊び心でしょう。僕はあの鉄火巻には別の意味があると思うんです」

「サバ科だ！」

ふと見ると、私たちの推理合戦を聞きつけてか、それとも中日ドラゴンズクイズについていけなくなったからか、クイズ研究会の男子が一人、私たちのテーブルの近くに寄ってきていた。ゼッケンには「可児條《かにじょう》」とある。

「鯉住さん、マグロはサバ科の魚ですね？」

「ああ」

「鉄山は福井県鯖江市の出身です！」

はあぁ、とため息をつく鯉住さん。

「可児條、お前、考えろよ。カツオもビンナガマグロもサバ科だろ。そもそもどうしてシメサバを置いておかなかったんだ」

「あ……あぅ」

うなだれる可児條くん。きっと、私と同じ一年生だろう。だけど彼はへこたれなかった。

「じゃ、じゃあ、巻き物！　ほら、掛け軸って、ぐるぐる巻いて、巻き物になるじゃないですか。これ、骨董商の火野を表しているんじゃないですか？」

「巻き物なら他にもある。メニューを見る限り、十二種類も。なんで、わざわざ鉄火だったんだ？　お前は、クイ研的なことを、考えられないのか？」

「あぅ……」

クイズ研究会は「クイ研」と略すのか。なるほどなるほど。

「鯉住さんは、どう思うんですか？」

鈴木くんが切り込む。すし同盟の飯沢さんも興味津々だ。すると鯉住さんはもったいぶって背もたれに小さな体を預けた。

「鉄火巻の『鉄火』の意味を知っていますか？」

「いや。鉄の火……鉄を熱するときに熱くなった状態ですか？」

鈴木くんが尋ねると、ふふん、と鯉住さんは笑って目を閉じ、首を振る。

「江戸時代、賭場《とば》のことを『鉄火場』と呼んだんですよ。火のように熱くなった男たちが、丁半張った！　っていうあれですね。あの勝負の合間に軽くつまんだことから、マグロの巻物を『鉄火巻』と呼ぶようになったんです」

そうなんだ。さすがクイズ研究会、わけのわかんないことをよく知っている。でもそれが、何……？

「そうか！」

鈴木くんが叫んだ。

「賭場……つまり、カジノだ」

なるほど。巻さんはカジノ経営者だ。

鯉住さんは緑のフレームの眼鏡に手をやり、ニヤリと笑ってうなずいた。

あの鉄火巻に、そんな意味が。

その時だった。

「それはどうだろうな？」

3．推理勝負・中盤戦　vsすし同盟飯沢

巨体を背もたれに沈めながら、反論を始めたのは、すし同盟の飯沢さんだった。

「っていうのはよ」

と、すぐに身をテーブルのほうへ乗り出し、手を伸ばして、レーンの上を回ってくるハマチの皿を取る。とっさに私は小皿と、お醤油を用意してあげた。

「ああ、ありがとう……」

「何ですか？」

鯉住さんは自分の説が否定されたのが悔しかったのか、醤油を小皿に出す飯沢さんの横顔を睨む。クイズ研究会後輩の可児條くんも同じようにしていた。

「こういうホテルのミステリーイベントっていうのは、ファミリー向けでもあるわけだし、そんな、鉄火巻の語源までほじくりだしてくるかってね」

飯沢さんは鯉住さんを、浅黒い顔で挑戦的に見つめ返す。

「クイズ研究会さんよ、握りずしを創始した男の名前は知ってるな？」

「もちろん。文政時代のすし職人、華屋《はなや》与《よ》兵《へ》衛《え》でしょう」

左眉を上げながら、鯉住さんは難なく答えた。

「そうそう。華屋与兵衛が始めた握りずしは、当時屋台売りで『早ずし』とも呼ばれていて、江戸の庶民のファストフード的なものだったんだ。ところがこれが、いつの間にか高級になっちゃったのよ。立派な店構えで気取っちゃってさ、札差や両替商なんて奴らのために高級食材にこだわっちゃってさ。その後、大正時代にすしの露店売りが禁止されて以来、すしはいよいよ高級なイメージをまとい、庶民には手の出ないものになっちまった。だが」

飯沢さんはハマチを口にほうりこんだ。皿には、この回転ずしチェーンのシンボルマークである、魚の飛び跳ねている大漁旗が描かれていた。

「昭和三十年代になって、大阪に回転ずしが登場したことにより、すしの歴史に大きな転機が訪れた」

「正確には昭和三十三年、白石義明《しらいしよしあき》という人が東大阪市に開店させた『廻る元禄寿司』ですね」

補足する、クイズ研究会鯉住さん。

「そう。一皿数百円で食べられる回転ずしは、すしを再び庶民の手に取り戻させた、まさにすしのエポックメーカーであり救世主。俺たちすし好きの貧乏学生たちは足を向けて寝られない存在なわけ」

「大げさな」

と笑う鯉住さん。私は、突如展開されたすしの歴史に圧倒されたままだ。

「で、結局飯沢さんは何が言いたいんですか？」

「回転ずしは庶民の味。ファミリー向けにいかなきゃ、ファミリー向けに」

鈴木くんの質問に、飯沢さんは答えた。

「子どもでもわかるヒントってことさ。つまり、ダジャレ」

「ダジャレ？」

私と鈴木くん、そして可児條くんが声を合わせた。

「そうよ。俺はな、子供のころからダジャレが得意なんだ。ダジャレの得意な子は頭がよくなるっていう教育方針の家庭に育ち、一日に五十個、ダジャレを言うことを親父に強要されていたもんでね」

どんな家庭環境なの？

「いいか？　まあ、鉄火巻のほうは置いといてだな、もう一個はなんだった？」

「シャコです」

思い出しながら答える。飯沢さんはうなずくと、しばらく私の顔を期待に満ちた目で見ていた。けれど、私が何もしゃべる気がないと見るや、

「もう！　なんで気づかないかなあ」

ぱちん、とねじり鉢巻きのおでこに手を当てた。

「なんですか？」

「シャコだよ、シャコ。つまり、駐車場」

ああ、「車庫」っていうことか。

「このホテル、地下に駐車場があったはずだよ。そこに次のヒントがあるんだと思う。どうだ、今からみんなで行ってみるか？」

私は、正面の鯉住さんと顔を見合わせた。面白くないという気持ちが見て取れたけれど、駐車場に行ってみることには乗り気のようだった。

二つ隣の席ではいまだに、多古山さんと星加、そして何人かの男子が中日ドラゴンズク

イズを続けている。相変わらず答えているのは星加だけだけれど（もう大トロを何貫も食べているけど、大丈夫かな）、まとまって盛り上がっているようだ。こっちはこっちで、疎外された者同士がなんだかんだでつながったみたいだった。

「星加！」

私は声をかけた。手を挙げてこちらを見る星加。

「私たち、ちょっと、行ってくるから」

「どこにーっ？」

何と答えようかと迷ったけれど、

「謎解き」

それだけ言った。


車庫には車が七台ほど停められている。一台はこのホテルの送迎用ワゴンで、私たちを駅からここまで乗せてきてくれたものだ。今回、運転手の鯵村先輩が不参加なので、私たちは電車でここまでやってきたのだった。

今日はイベントのために、（ニャー社長と容疑者三人を除けば）私たち以外に宿泊客はいないので、駐車スペースはかなりガラガラだ。

私たちはその広い駐車場を散らばって「捜査」した。

私は鈴木くんと二人で歩き回っていたけど、何もめぼしいものは見つからなかった。なんの収穫もないまま、再び、私たちは駐車場の中央に集まる。

「やっぱり、ここには何もないんじゃないですかね？」

鯉住さんが薄笑いを浮かべながら意地悪く、すし同盟の飯沢さんに詰め寄った。

「だいたい、シャコが『車庫』を表しているなんて、単純すぎやしませんか？」

「いや、あると思う」

飯沢さんはそう言い張るも、その声には元気がない。

「あの、あれ……なんであんなところにあるんですかね？」

その時、おずおずと言い出したのは、クイズ研究会の一年生、可児條くんだった。彼が指差す先には、非常階段の出口があり、その重そうな鉄扉の横に、たしかに不自然なものがあった。運動会の綱引きで使うような、太い綱が、ウィンチのような、赤い鉄の器具に巻かれて置いてあるのだ。

「さあな。綱引きでもするんじゃないのか？」

飯沢さんは、私と同じことを考えていた。鯉住さんは手をメガネに添えて考え込んでいる。

「ツナロール……」

鈴木くんが、私の後ろで言った。

「え、何、鈴木くん？」

「ツナロールだよ。鉄火巻はマグロの巻き物。だから、英語では『tuna roll』って言うんだ」

さっき鈴木くんが、湯飲み茶わんに書かれたおすしの英語名を読んでいたことを思い出した。ツナロール。綱ロール。うん、スマートだ。さすが、鈴木くん。

「なるほどな」

飯沢さんが、その綱ロールに向けて走り出す。私たち四人もあとを追った。

飯沢さんはすでに、綱の端に手をかけて引っ張り出していた。鈴木くんも、鯉住さんも、可児條くんも手伝った。私は、引き出された綱を、邪魔にならないようによけるだけ。

やがて、綱に隠れて見えなかった器具の中心部分が見えてきた。綱が巻きついていたのはガラスでできた円柱状の筒で、中に何かが貼りつけられている。綱がすべて引き出された時、それが何かわかった。

四枚の皿と、それに載っているすしネタ。回転しても落ちないから、食品サンプルであることは間違いない。

飯沢さんが手でその回転を止め、全員でそのすしネタを覗き込んだ。

――ホタテガイ、ホッキガイ、ツブガイ、ミルガイ。

「どういうことだ……」

腕組みをする飯沢さん。動き始めるダジャレ脳。すぐに、その浅黒い頬を自ら叩いて、

「ホテルの敷地内に、掘っ立て小屋はないか？」

一同を見回した。びゅーっと、寒々しい風が吹いた気がする。

「ないと思いますけど」

飯沢さんは答える鈴木くんの肩をがっ、とつかむと、

「そこでこのイベントの発起人を見るがいい！　っていうことじゃないか？」

びゅーっ、びゅーっ。私は決めた。結婚しても、一日に五十個もダジャレを言わせるような子育てだけは絶対にしない。っていうか、鈴木くんから離れてください。

「ツブガイはどうするんですか？」

かすれた声で鯉住さんが尋ねる。

「ツブガイは……」

「正式名称は『エゾボラ』ですけれど」

「エゾボラ……えぞ、えぞぼ……うおーっ、思いつかない」

頭を抱える飯沢さんを横目に、私は控えめに手を挙げた。

「考えつきました」

私の思考は、単純だ。

「四つの貝だから、よんカイ、つまり、四階っていうことじゃないですか？」

「それだ！」と言って私の顔を指差す鈴木くん。そして、二人で顔を見合わせて笑う。こんなに他サークルの人たちがいる中で、やっぱり鈴木くんの存在は頼もしい。

「なるほど。僕もそのほうがしっくりきますね」

鯉住さんも片眉を上げながら賛同したので、飯沢さんもしぶしぶうなずいた。やった。

「あの」

可児條くんがある一点を見つめていた。

「あれ……」

今引き出したばかりの綱の、いちばん内側に隠れていた部分を指差している。それを見て、私たちは凍りついた。

「先を越されたみたいですね」

落ち着いた口調で、鯉住さんがつぶやいた。

綱の縄目の間に、見覚えのあるカラスの羽が一枚、挟まっていた。赤いカラーコンタクトの目が、闇の中から私たちを捉えているようだった。


私たち五人はそのまま四階に向かった。すしラウンジは二階、三階と同じ造りで、南側は一面窓。曇り空だからあまり意識していなかったけれど、気づかないうちにだいぶ夜に近づいていた。

「ドアは全部閉まっています」

客室のドアをチェックしてきた鈴木くんと可児條くんがすしラウンジに戻ってくる。

「そりゃそうだろ、このホテルは俺たち以外に宿泊客は泊まっていない。しかも、イベントに使われているのは三階までだ」

飯沢さんが、私の前で腕を組む。

「ここは関係ないんじゃないのか？」

「でもそれだったら、このレーンの状態はなんですか？」

メガネに手をやりながら指摘したのは鯉住さんだ。

そう、今私たちが座っているすしラウンジを通っているレーンは、ゆっくりと動いており、等間隔でお皿が置かれている。ネタは、ハンバーグ、から揚げ、ソーセージ、ミートボール軍艦、コンビーフ軍艦、カルビ、ハラミ……。お肉ばっかりで、魚のおすしは一つも回っていない。こうまでお肉のネタが豊富だと、回転ずしということすら忘れてしまいそう。

「回転ずしで肉を食べるのは邪道だと言いたがるやつがいるけれど」

飯沢さんはすでに、ミートボール軍艦の皿を取って口に運びつつある。

「ファミリー向けの回転ずしならではの発想だ。俺は評価している」

「ふーん。……僕は、回転ずしでお肉を食べたことはないですけれど」

と、カルビずしの皿を取る鯉住さん。口に入れて味わってからうなずいた。

「うん。おいしいですね」

「あれ、なんですかね？」

私は、レーンの一部の脇に取り付けられている、ドアを止める器具のようなプラスチック製のものを指差す。これは二階のすしラウンジのレーンにも取り付けられていたもので、ずっと気になっていたのだった。

「ショートカットさ」

飯沢さんが答えながら、手を伸ばしてその近くにあったボタンを押した。プラスチック器具が伸びて、レーンの一部を遮る状態になった。とたんに、道を遮られた向こうレーンのローストビーフずしのお皿の軌道が変わり、こっちのレーンに流れてきた。

「昼過ぎの客足の少ない時に、回転ずし屋に行くとわかる。すしの皿をあまり回さないようにするため、こうやってレーンを一部ショートカットするんだ」

なるほど。お客さんがいないところにお皿がいかないようにするためだ。【見取り図1参照】。シーズンオフには、お客さんが少ないこともあるだろうから、そういう時に発動するんだな、と納得した時だった。

「あっ」

クイズ研究会の可児條くんが叫んだ。

見ると、不思議なお皿が流れてきた。明らかに、食べ物以外の何かが載せられている。

カラスの羽だった。

「あいつら、ここにも先回りしてやがる」

忌々しげに飯沢さんが口にし、鈴木くんが腕を組む。

「浦和経済大学Ｍｙｓｔｅｒｙ Ｌｏｖｅｒｓの方々は、この謎を解いたということですかね」

やっぱり、あの人たちミステリー……じゃなくてミステリが得意なのかもしれない。いや、そもそもミステリって、こういうダジャレ連発のものじゃないんだろうけれど。

一体、このお肉だらけのレーンのどこに、どんなヒントが隠されているのか。ショートカットの器具をもとに戻して、私たちはしばらく考えたけれど、だれも、何も浮かばなかった。

「子どもに大人気、だってよ」

ダジャレをひねり出すのをあきらめた飯沢さんは、テーブルの隅に立てかけてあったメニューブックを開き、ハンバーグの写真の載っているページを開いている。写真の両脇に、男の子と女の子が一人ずつ、頬杖をついて口笛を吹いているようなイラストが描かれていた。これだけに一ページを割くなんて、イチオシの一皿なんだろう。

突然、館内放送の音楽が鳴った。聞いたことのあるクラシック音楽。でも、タイトルは……。

「はい」

可児條くんがいきなり手を挙げる。

「テクラ・バダルチェフスカ『乙女の祈り』」

「正解」

うなずく鯉住さん。さすがクイズ研究会。音楽が流れると、いつでもどこでもイントロクイズをはじめちゃうんだ。

《ただいま、五時を回りましたので、アルコール類のご注文ができるようになります。ビール、日本酒、カクテルなど各種ご用意しておりますので、どうぞご注文ください》

「もうこんな時間か」

飯沢さんが立ち上がる。

「とりあえず、二階に降りて、本来の仲間と考えるか」

「そうですね」

鯉住さんも賛成のようだ。

「なんだか僕たちチームみたいになっていたけど、本来は敵同士ですからね」

「敵同士だなんて、寂しいこと言うなよ。Ｍｙｓｔｅｒｙ Ｌｏｖｅｒｓには負けないようにがんばろうぜ」

私たちは顔を見合わせてうなずいた。

なんか、こういう他大学のサークルとの交流っていうのも、悪くない。きっとサークルに入らなかったら体験できないことの一つなんだろうなと、心が少し、温かくなった気がした。

4．ヘンたて再集合、そして

廊下ですれ違った沙羅先輩に、七時にすしラウンジ集合と言われたので、私はその間お風呂に入ってくることにした。部屋にもユニットバスはついているけれど、やっぱり一階に大浴場があるなら、そこに入るしかない。星加は相変わらずクイズ研究会の多古山さんと中日ドラゴンズクイズに熱中しているし（さっそくお酒も飲んでいるようで、頬がピンクになっていた）、沙羅先輩は三階での捜査において、左門先輩と二人で頭を使いすぎて疲れたので少し眠りたいということだったので、私は一人で大浴場に行った。

女風呂には私一人。

なかなか広くて使い心地がよく、壁には一面に、すしネタの元となっている魚介類の絵が描いてあって楽しかった。ひょっとしたらこの中にヒントがあるのかも、と思ったけれど、とりあえず謎解きは放っておいて大浴場を味わおう。

ふぅ……。今日は鈴木くんと久々に話した気がする。気まずいことなく、普通に話せたなぁ……。

（一休み）

お風呂から出ると、食堂になっていた。メニューを見ると、ナポリタンやカレーライスなんて、おすし以外の料理が書いてある。回転ずしがメインだけれど、飽きた人のための考慮もしっかりされているんだ。

壁際には可動式ホワイトボード。そこに「すしネタを折ってみよう！」と書かれた模造紙が貼られ、四つの折り紙の折り方の図解が載せられている。タイ、アナゴ、サザエ、そして釣り船。近くの缶の中には折り紙も用意されている。子ども用だろう。

ふと見ると、そのホワイトボードの脇に大きなガラス製のショウケースがあった。

さすらい大漁旗の全メニューの食品サンプルが、二貫一組ずつお皿に載せられて飾られているのだ。「1・マグロ」から「108・バナナチョコレートパフェ」まで。今日の謎解きの途中で出会ってきた鉄火巻やミルガイ、ミートボール軍艦やカルビなんかもある。それにしてもすごい。一〇八種類もあるんだ。スイーツだけでも二十種類もあるじゃん、おいしそう。レアチーズケーキとか、流れているのを見てない。注文したら流してくれるのかな。

つらつら見ていると、ある一点で違和感を覚えた。

――「18・アワビ」。

もちろん、ネタとシャリの間に挟まっている大葉も含めて、ちゃんと細部まで再現されているから、何がおかしいのかと聞かれれば答えられない。だけど、このアワビのサンプルだけ、何かが足りない気がする……。

「くっしゅん！」

くしゃみが出た。お風呂上がりにこんなところでぼーっとしていたからだ。難しく考えるのはとりあえずやめて、部屋へ戻ろう。

七時になってすしラウンジに行くと、左門先輩と沙羅先輩はすでにビールを飲みながら、調べたことをまとめていた。鈴木くんはまだお風呂に入っているのか、来ていない。

「おお、中川さん」

私は沙羅先輩の隣に腰かけた。

星加の様子が気になってクイズ研究会が陣取っているボックス席を振り返ると、もうだいぶいい気分なようできゃははと笑っていた。いつの間にか半袖の上着も脱いで、黒いTシャツ姿に。体にぴったりしているので胸の形まで見えそうだけど……まあいいか、ああいう性格だし。私と違ってスタイルもいいんだし。

「どうだった？　何か面白いこと、あったかな」

左門先輩が尋ねてくる。

私は、あぶれ者五人でこのホテルのあちこちをすしネタダジャレに振り回されながら見て回った経緯を簡単に説明した。

「肉のすし……ダジャレ……」

左門先輩はしばらく考えていたけれど、「ダメだ。俺、そういうのは苦手だ」とすぐにあきらめた。

「浦和経済大学のＭｙｓｔｅｒｙ Ｌｏｖｅｒｓは、ひょっとしたらもうわかっているかもしれないんです」

そういえばあの人たちは……と周りを見回すが、すしラウンジにはいない。きっと部屋でおすしを食べているのだろう。なんて言ったってこのホテルは、すべての部屋に回転ずしレーンが通っているというヘンな建物なのだから。

「侮れないな、どこのサークルも」

「先輩たちは、成果ありましたか？」

私は手を伸ばし、レーンの上に流れてきたたまごを取る。子どもの頃から、たまごが一番好き。たまごの脇には、ガリヤ警部が宣伝していた「のり巻き専用醤油、一階食堂冷蔵庫内にあるので、ご自由に」と書かれたパネルが流れていく。

「うん。これが一応、俺たちの成果」

広げられたノートにはびっしりと、現場である三階のレーンを流れているすしネタの名前が、番号付きで書かれていた。総数なんと一九三。

「実は、もう犯人の目星はついているんだけど、ちょっと決め手に欠けるんだよなあ」

左門先輩はそう言ってアカガイを口に運んだ。

「そうなんですか？」

沙羅先輩もうなずいている。

「ここでは、あまり大きな声では言えないけどね」

もし本当だとしたら、私と鈴木くんの「捜査」は、意味がなかったということだろうか？と思っていたら、鈴木くんがやってきて、左門先輩の隣、つまり私の正面に座った。

「ああ、お腹すいた」

そう言って、私に笑いかける。私も微笑み返す。

「何か、頼む？」

レーンの上に取り付けられたタッチパネル式モニターを操作しながら沙羅先輩が聞いた。このモニターは各部屋にも取り付けられていて、注文したものが専用の輪状の台に載せられてレーンの上を流れてくるシステムになっている。ちょうど、左門先輩が注文していたあぶりトロかつおが、「すしラウンジ4番テーブル」というシールの貼られた台に載せられて流れてきたところだった。

「お酒もあるけれど」

「あっ、今日は、酒は大丈夫です」

「そう。亜可美ちゃんは？」

「私は、レアチーズケーキが食べたいんです」

さっき一階で見てきたショウケースの中のサンプルがあまりにもおいしそうだったので、思わず言ってしまった。左門先輩が噴き出した。

「中川さん、もうデザート食べるの？」

そうか、まだ食事中だ。恥ずかしくなってうつむいた。

「お楽しみいただいていますか？」

聞き慣れた声がしたので顔を上げると、福崎さんがハンカチで汗を拭いていた。福崎さんは今回のイベントのすべてを任されている。

「ええ、ありがとうございます」

左門先輩が愛想よく答える。

「どうですか。謎のほうは解けそうですか？」

「まあまあ、というところです」

福崎さんはにこやかに笑って、一礼すると、隣のテーブルに移って行った。


「どわーあああっ」

わけのわからない声を出しながら、星加が鈴木くんにタックルしてきたのは、それから三十分くらいあとのことだった。

「なに、どうしたの、伊倉さん？」

星加のあまりのはっちゃけぶりに、鈴木くんは目を丸くした。

「きゃはっ！　ヘンたて、ばんざーい」

すっかり酔っぱらっている。クイズ研究会の多古山さんたちと盛り上がりすぎたんだろう。まだ八時前なのに。

「よっちも、のもーよおう」

星加は鈴木くんに体を密着させながら言った。

「いや、今日はお酒は……」

「なんでっ。私はこんなにぃ！」

と、そのまま星加は倒れこんで、鈴木くんの膝に頭を載せた。

「私は、こんなにぃ……」

鈴木くんは、星加の青いメッシュの入った髪に手を置いた。戸惑いながらも、優しい手つき。

その瞬間、私の全身に得体のしれない感情が走った。なに、星加のやつ、こんなに酔っぱらっちゃって。あんたが遊んでいる間に、私と鈴木くんは一生懸命謎解き、やってたんだからね！

「これは相当だな」

左門先輩がつぶやく。

「部屋に連れて行きましょうか？」

「そうしてくれるか？」

「はい。中川さんも、手伝ってくれる？」

「うん」

私は星加の手を取って、強引に起き上がらせる。

「ちょっと、星加、部屋に帰るよ」

「んんー」

星加は目を閉じたまま起き上がる。鈴木くんと私は彼女の腕を肩に回して両脇で支え、フラフラしながら部屋に戻った。

ベッドの上に星加を横たわらせる。

「ううう一」

苦しそうな声を出している。調子に乗っておすしもかなり食べていたみたいだし、ひょっとしたら吐いてしまうかもしれない。

「ビニール袋、置いておこうか」

私はカバンに入っていた、コンビニのビニール袋を出して、星加の口の脇に敷いた。

「これで、大丈夫かな?」

「うん」

鈴木くんが言ったので、私たちは暗い部屋でうなずき合い、星加の腰のあたりまで毛布を掛けて、外に出た。

ふぅっと、一息。

「何か疲れちゃったね」

何の気なしに、鈴木くんの腕を軽く触った。

「戻ろう」

　すると、鈴木くんは歩き出そうとせず、どこか神妙な表情で、私の顔を見つめていた。突きあたりは壁で、レーンはその向こうを流れている。すしラウンジの喧騒が遠い。二人きりだ。

　この雰囲気、前にもどこかで感じた。

　魚ヶ瀬城址中学校の隅櫓脇の告白スペース……。

「中川さん、何か、無理してる？」

　鈴木くんはそう言った。

「無理？」

　何を言われているのか、わからない。ただ、自分の鼓動が早くなっているのを感じた。

「その、俺のことで」

「別に」

　結局、告白の返事をしていない私がいけないんだ。そして、その間に、ちょっと鈴木くんに惹かれている自分が……。

「俺は大丈夫だから」

「え？」

「あきらめろって言われたら、あきらめるから」

　ぽーん、と突き放された気がした。

「中川さんのことは好きだけど、俺のことで中川さんが無理するのは見ていられないんだ。だから、あきらめる。友達のままで」

そんな。ずるいよ。私の気持ちはもう……。

突然、ドアが開いた。

「あっ！　二人で何、話してるのぉ？」

星加がドアにもたれて、私たちを見ている。

「星加、寝てなきゃダメでしょ」

きゃはっ、と甲高く笑いながら星加は私に抱き着いてきた。形のいい星加の胸が肩に押し付けられる。

「亜可美、かわいいなあ。亜可美は」

「わかったから、もう寝よう」

「よっち、亜可美のこと誘惑してたんでしょ……。許さないからっ」

星加の酔っぱらいっぷりに、鈴木くんは苦笑いで首を振っただけだった。

「ごめんね鈴木くん、星加、寝かせるから」

「やだっ。私もお酒、飲むのっ」

「飲んでるの、星加だけだよ。ほら、寝るよ」

星加の体を強引に部屋に押し込む。閉まるドアのすき間から見えた鈴木くんの顔は、寂しそうだった。ごめん、本当にごめん、鈴木くん。

星加は私のベッドに、どさっと倒れこんだ。

「もう、しょうがないな」

私はその体に布団を掛ける。すると、星加はつぶやいた。

「鈴木くん、許さないから……」

オレンジ色の豆電球だけが点いた、暗い部屋。おすしを載せたレーンが音もたてずに流れていく。寝顔を見ながら、私は急に、星加の気持ちに気づいた。

……そして、自分が嫌になった。

星加は、クイズ研究会の多古山さんと中日ドラゴンズクイズをしながらも、鈴木くんと私が一緒にいるのが気になっていたんじゃないだろうか？　星加は私のことを信用しているし、鈴木くんの私に対する気持ちも知らないし、私がひそかに鈴木くんに惹かれつつあるのも知らない。だから初めは、人見知り同士の私たちが一緒にいるのを、しょうがないなあ、くらいに思ってくれていたのかもしれない。だけどそのうち、私と鈴木くんは二階のすしラウンジからいなくなっていた。

星加があんなに酔っぱらったのは、いつの間にか私たちがいなくなったことが寂しかったからかもしれない。

ひょっとしたら、私の気持ちに気づいて……。いや、それはないとしても、鈴木くんの気を何とか引こうとして、わざとこんなに酔っぱらったんじゃ……。

私、どうしてわかってあげられなかったんだろう。自分のことばっかり考えて、鈴木くんと一緒に謎解きをしているのが楽しくて。

星加のベッドに倒れこむ。

もう、すしラウンジに戻る気にはなれなかった。

星加の寝息を聞きながら、泣けてきた。辛かった。この状況を辛いと思っている、甘ったれた自分さえも嫌いでしょうがなかった。

「星加、ごめんね……」

つぶやいたけれど、星加には届かなかった。

涙が溢れて止まらず、枕はすぐにびしょびしょになった。

5. 推理対決・終盤戦 vs Mystery Lovers宇仁野

私は寝癖もそのままに、一階食堂のテーブルに座っている。まだ、六時半。各大学のサークル員たちはみんな寝静まっていて、厨房の中からは従業員の人が動く音が聞こえてくるけれど、食堂には私の他に誰もいない。

目が覚めたのは三十分ほど前だった。レーンには今はおすしは流れていない。

星加はすやすやと寝息をたてて、夜の間に吐いたりはしていなかった。

そんな寝顔を見ていると、やっぱり昨日の辛い思いが込み上げてきて、これ以上同じ部屋にいられなくなり、食堂にやってきたのだった。

考えてみれば、星加の心の内を知りながら、私が鈴木くんに惹かれてしまったこと自体が罪なんだ。鈴木くんは私なんかより、星加と付き合ったほうがいい。でも今、星加が鈴木くんに告白したら、鈴木くんは断るに違いない。気持ちが私のほうに傾いていることを告げるかもしれない。その時、星加は知るだろう。私が、星加の気持ちを知りながら鈴木くんに告白されていたことに。そして、私がずっと、ずるかったことに。

ああ、どうしよう。消えてしまいたい。ハッキリできない自分が、憎くてしょうがない。

星加に全部しゃべったらどうなるだろうか？　言えない。たぶん、話している途中から涙が出てきて、弱い自分をわざと星加に見せているみたいになって、私は何にも悪くありませんって言っているみたいで、どこまでいってもずるい。

どうしよう……。

その時、すっ、と黒い影が視界の端に入り込んできた。視線を移して、ぎょっとした。

死神がいた。

いや、違う。カラスの羽をあしらった黒いマントを着た、長い髪の女の人だ。白塗りの顔にアイシャドウと黒い口紅。陰鬱な雰囲気をかもしつつ、インナーのえんじ色の服の上には、しっかりゼッケンをつけている。

浦和経済大学Ｍｙｓｔｅｒｙ Ｌｏｖｅｒｓの女性会員、宇仁野さんだった。

「おっ、おはようございます」

私は思わず、挨拶をしてしまった。たぶん、防衛本能だと思う。すると宇仁野さんは真っ赤な目で、こちらを見た。カラーコンタクトとわかっていながら、体中を恐怖が支配する。無表情。本当に、幽霊なんじゃないかと思わせる反応だ。昨日は気づかなかったけれど、首には、ドクロのあちこちに穴をあけて吹き口をとりつけたオカリナをぶら下げている。

そのまま何も言わず、彼女は、一〇八種類のすしサンプルが飾られているガラスのショウケースに歩を進めていき、おもむろにマントからカラスの羽を一枚抜き取ると、どこからかテープのりを取り出し、その羽をショウケースのガラスに貼りつけた。

「そ、その羽、宇仁野さんが？」

「ヒロミ」

宇仁野さんは驚くほどはっきりした声で、私の質問を遮った。

「私の名前は、ヒロミ。冥界４４４番地からの使者よ」

あ、ああ……、やっぱりそういう世界観ですか。

「その、ヒロミさんは、もうミステリーの謎を解いたんですか？」

くすり。宇仁野ヒロミさんは初めて、黒い口紅を塗った唇に笑みを浮かべた。

『『ミステリー』と『謎』は同義だから、『ミステリーの謎』っていう言い方は意味が重複しているかと」

こういうところは意外とちゃんとしている。宇仁野ヒロミさんは続けた。

「冥界の王ハデスが、私に教えてくれるの。運命の時は、朝餉《あさげ》とともに訪れるだろうと」

よくわからないけれど、車庫の綱ロール、四階のレーンと、彼女らは常に私たちの先回りをして、挑発するようにカラスの羽を残していた。ということは、四階の肉のネタの謎を解いたのは間違いないんだろう。

「せいぜい憂き世を楽しむがいいわ」

宇仁野さんはそれだけ言って、しずしずと食堂を去って行った。

私は立ち上がり、カラスの羽が貼り付けられたショウケースを見る。ここに、何のヒントが？

「おはようございます」

今度は聞き覚えのある、かすれた声がした。振り返ると、松戸国立大学の鯉住さんが近づいてくるところだった。

「ああ、おはようございます」

「今、階段でＭｙｓｔｅｒｙ Ｌｏｖｅｒｓの女性とすれ違ったのですが、何かありましたか？」

私はショウケースに貼りつけられたカラスの羽を指差す。

「ここにヒントがある、ということですか」

鯉住さんは私の横に立ち、中を覗き込んだ。

「クイズ研究会のみなさんは、何か、答えにたどりつきましたか？」

「ええ……と言いたいところだけれど、みんな酒が好きなものでね。昨夜は全然話し合いになりませんでしたよ」

鯉住さんは笑った。

「ヘンな建物研究会のみなさんは昨日、全員一緒ではなかったですね。先輩方お二人と、鈴木さんだけが、夜遅くまで話しておられたようですが」

「ああ……星加っていう一緒にいた子が酔いつぶれてしまったので」

私はさっきまでの感情を押し込めながら答えた。

「申し訳ない。うちの多古山が調子に乗って飲ませすぎたものだから。野球と酒に関しては、うちのサークルで彼の右に出るものはいません」

「好きなんですね、クイズ研究会」

「そりゃあね」

鯉住さんは私の顔を見て（彼は私よりちょっと背が低い）、語り出した。

「僕は高校時代、友だちがいなくて、一人で音楽を聴いたり映画を観たり美術館巡りをしたりしていたのです。そして、芸術的センスのない同級生を見下して、自分だけ教養のある気がしていました。だけど、大学に入ってクイズ研究会に誘われ、自分がいかに狭い世界で驕《おご》っていたかに気づいたんですよ」

ふっ、と彼は笑った。

「クイズ研究会はね、得意なジャンルが一つでもあれば、仲間として認めてもらえる。僕には高校時代に蓄積した芸術の知識がありましたから、なんとか食らいついていけました。でも、僕にとってもっと嬉しかったのはね、自分が今まで興味のなかった分野の知識がある他人を尊敬できるようになったことですよ。あの多古山ってやつはね、プロ野球に関しては本当に、呆れてしまうくらい詳しいのです。打率や防御率を聞いただけで選手の名前を当てられる人間が、あなたの知り合いにいますか？」

もちろん、私は首を振る。

「後輩の可児條は、アイドルと釣りとバイクに関しては他の誰にも負けない知識を持っています。その他にもね、科学史や数学史にやたら詳しいやつ、都市伝説や超常現象のマニアなど、もう、いっぱいいます。僕は誇りに思いますよ、彼らのことを。中川さんも、まだ一年生かもしれないけれど、誇りを持ってくださいね、自分の仲間たちに」

鯉住さんがすごくいい人で、泣きそうになった。今、そんな大事な仲間に、私、すごい迷惑をかけているんです、なんて言えなかった。

バンドに、本格カレーに、植物に哲学、お城とファッション、そしてトマソン。仲間の得意ジャンルが頭の中に流れていく。私だけ何にもなくて、やっぱりサークルを楽しむには不合格人間なんじゃないかと自信がなくなる。私には一体、何があるんだろう。

「中川さん」

メガネに手を添えて鯉住さんは再び静かに話し始めた。

「はい？」

「昨日考えたんですけどね、『肉』に関するダジャレを」

「……ああ」

「僕には結局、これしか思いつきませんでしたよ。にく、じゅうはち」

二九、十八。当たり前だけれど、九九の一つだ。そういえばすし同盟の飯沢さんは「小学生でもわかるファミリー向けヒントのはず」と言っていた。

18番のすしネタのサンプルを見る。――「18・アワビ」。昨日、私が違和感を覚えたあのネタ。

「鯉住さん、あのアワビ、何か足りないと思いません？　私、昨日から考えているんですけど、なんだかわからなくって」

「魚がいませんね」

鯉住さんはすぐに答えた。

「え？」

「お皿を見てください」

私にもようやくわかった。アワビの下の皿の絵だ。この回転ずしチェーンのシンボルマークである、ぴちぴち跳ねる魚が描かれた大漁旗が他のネタの皿には描かれているのに、アワビの皿の絵だけ、旗の中から魚が忽然と姿を消してしまっているのだった。

「ミスプリントですかね？」

「一枚だけミスプリントするなんて、考えられないですね。きっと意味があるはずです」

腕組みをする鯉住さん。

ショウケースの上に、宇仁野ヒロミさんが貼りつけていったカラスの羽は、不敵な黒さで私たちを見つめていた。


鯉住さんと別れ、私一人ですしラウンジに足を運ぶと、ボックス席のいくつかに、何やら箱状のものがたくさん積まれていて、各サークルの名前が書かれた紙が添えられていた。

「おはよう、亜可美ちゃん」

昨日私たちが座っていた席にはすでに、沙羅先輩がいて、手を振っている。

「おはようございます。昨日、すみませんでした。……勝手に寝ちゃって」

「ううん。大丈夫だった？　星加ちゃん」

「なんとか。まだ寝ていますけれど」

「そう。これ、今日の朝食だって。さっき福崎さんが置いていったの」

包み紙には、「はまち」「コーン軍艦」「うに」など、さすらい大漁旗のメニューの文字が細かく書かれている。そして中央の切り取ったような長方形の中に、毛筆風の文字で「ちらしずし」と書いてあった。

「握りずしはもう飽きただろうからって」

「あの、私、これ、部屋で食べてもいいですか？」

今朝はとても、鈴木くんの顔を見て食事できる気持ちじゃなかった。沙羅先輩は不思議そうな顔をしながらも、うなずいてくれた。

「じゃあ、星加の分も」

ちらしずしを二つ取ると、私は部屋に戻った。

星加が寝息をたてているのを見ながら、私はテーブルに座り、浮かない気持ちのままちらしずしを食べ始めたけれど、一口でやめてしまった。不味かったわけじゃない。星加の寝顔を見ていると、申し訳ないのだ。

粉のお茶を入れて、ゆっくりと飲む。

剝いたちらしずしの包み紙には、すしネタの名前の羅列。食べ放題だっていうのに、結局かんぴょう巻きとたくあん巻きとたまごしか食べていない。

「はまち」「コーン軍艦」「うに」「エビてんぷら」「煮はまぐり」「ひらめ」「かずのこ」「あなご」「なす浅漬け」「カルビ」……こんなにメニューが豊富なのに、恋愛と友情に挟まれて食欲がわかないなんて。

私、何やってんだろう。

6. 謎解き対決

午前九時。私たちは再び全員集合し、ロビーのブルーシートの上に体育座りをしている。後ろでは、主催者側代表のタイリョウフーズ福崎さんがハンカチで顔を拭きながら、私たちの様子を満足げに眺めていた。

星加はものの見事に二日酔いで、部屋から出てきていない。チェックアウトは十時だから、それまでにはたたき起こして連れて帰らなければいけないんだけど。

鈴木くんの顔は、見ることができなかった。また頭が星加と鈴木くんのことでいっぱいになりそうだったけれど、我慢した。

「オウオウ、オメエラ、デソロッタナ。ソイジャ、ハジメルゾ！」

腹話術師を後ろにひかえたタイリョウ・ハタノシンは今日も威勢がいい。そして登場する江戸川・ガリヤコンビ。

「素人探偵、江戸川むらさきよ、謎を解いたというのは本当か？」

「ええ、ガリヤ警部。まず、容疑者三人をここへ呼び出してもらえますか？」

「ああ」

ガリヤ警部が合図をすると、鉄山さん、火野さん、巻さんの順に、フロント脇のドアから出てきた。

「いったいなんだっていうの？　早く解放してよ！」

骨董商・火野さんが毒づく。

「もうすぐ犯人が明らかになるそうですから、お待ちください」

とガリヤ警部。

「犯人？　誰なんです、社長を殺したのは？」

「まあまあ、まずは僕の鮮やかな推理を聞いてください」

江戸川は自信たっぷりに、興奮する鉄山さんを制した。

――そして、ストップモーション。

「サアサア、江戸川探偵ノ推理ノ前ニ、オメエラノ解答ヲ、聞カセテモラオウジャアネエカ、ベラチキショイ!」

だから口が悪すぎるんだって、タイリョウ・ハタノシン。

それはともかく、先に各サークルの推理を披露してから、解答篇、という趣向になっているようだ。

「マズハ、茅ヶ崎水産大学スシ同盟!」

「はい」

のっそりと立ち上がったのは、水色ハッピの飯沢さんだった。

浅黒い頬をぺちぺちと叩いたかと思うと、飯沢さんは自信たっぷりに言い放った。

「この事件は、ニャー社長の自殺だ」

ええっ。いきなりの珍説に、どよめきがあがる。

「俺は昨日、クイズ研究会の二人と、ヘンな建物研究会の二人と一緒に、現場に残された鉄火巻とシャコから……」

駐車場から四階に導かれ、肉メニューばかりがレーン上を回っていたいきさつまでを話す。

「そして最大のヒントはこれだ」

ここから先は、私たちも初耳の推理だった。飯沢さんが手にしていたのは、すしラウンジから勝手に持ってきたのであろう、メニューブックだった。ハンバーグのページを開いている。

「よく見てほしい。ハンバーグの両脇に子供が描かれている。この子どもたちは、何をしている？」

「……口笛」

誰かが言った。

「俺も初めはそう思った。だが、この口をよく見ろ。何かを一生懸命吸っているように見えないか？」

うーん、見えなくもないけど、でも口の前に八分音符が浮かんでいるから、やっぱり口笛だと思う。全員の釈然としない気持ちをモノともせず、飯沢さんは続けた。

「両サイドから、子どもが吸う。吸う、サイド。……スーサイド。……suicide。自殺だ。わはははは、どうだ！」

おおおっ！と、水色ハッピのすし同盟の後輩たちだけが盛り上がった。さすがダジャレマイスター。とっても強引。ちらりと鯉住さんを見ると、呆れ顔でメガネに手を添えていた。

「ヨシ、ジャアツギ、松戸国立大学クイズ研究会！」

タイリョウ・ハタノシンは飯沢さんの推理が終わったと見るや、次を促した。

「はい」

落ち着いて立ち上がったのは鯉住さんだ。幹事長の多古山さんは昨晩飲みすぎたらしくて目がうつろだった。どう見ても、鯉住さんのほうが頼りになる。

「私はズバリ、巻さんが犯人ではないかと思います」

へぇーっ。どういう理由でそうなったんだろう。

「先ほどすし同盟の飯沢さんが説明した通り、私たちは昨日、四階の肉のヒントにたどり着きました。そこから私は、さらにもう一段階、ヒントがあるのではないかと考えたのです。肉から、二九、十八という九九を思い出し、メニューの番号と照合しました。18番はアワビでした」

こほん、と咳払いを一つする鯉住さん。

「アワビはミミガイ科の貝で、巻貝の一種ですが、昔の人はその形状から二枚貝の片方だけがはぐれてしまった姿を想像したのです」

急に、クイズ研究会っぽい解説になった。

「そして、こんなことわざが生まれました。『磯のアワビの片想い』……そう。つまり、私がたどり着いた最後のヒントであるアワビは、『片想い』を表しているのです」

そして鯉住さんはニヤリと笑う。

「巻さんは、ニャー社長の元恋人でしたね。その想いが殺意に変わったのです。動機は、かなわぬ片想い。どうでしょうか」

筋は通っている。だけど、あのお皿の図柄の説明が、ついていない。

私は釈然としない思いのまま、鯉住さんが座るのを見届けた。

「ジャアツギ！　浦和経済大学ＭｙｓｔｅｒｙＬｏｖｅｒｓ！」

返事もせずに、黒い影がすっと立ち上がる。宇仁野ヒロミさんだ。

そのまま宇仁野さんは、首に下げたドクロ型オカリナに、黒い口紅を塗った唇をつけ、悲しいメロディを奏で始めた。周りでは二人のＭｙｓｔｅｒｙＬｏｖｅｒｓの男性たちが立ち上がり、腕を奇妙に動かし、神秘的な声を出し、不思議な踊りを舞いながら、食堂のほうへ消えていった。……どこかで聴いたことがあるメロディだった。

「はい」

クイズ研究会、可児條くんが手を挙げる。この人は音楽が流れてくるとイントロクイズを始めちゃうくせがある。

「『サッちゃん』」

ああ、そうだ。これ、「サッちゃん」だ。

「先に逝った者どもへの、鎮魂歌《レクイエム》よ」

カッと赤い目を見開く宇仁野さん。

「え、でも今の『サッちゃん』だったでしょ……」

「にくじゅうはちで、アワビにたどり着いたところまでは賞賛に値する。だが、そなたらの命運もここで尽き果て、ハデスの雷に打ち砕かれるのよ！」

意味不明の呪いの言葉を吐き続ける宇仁野さんに、全員が圧倒されていた。すし同盟の飯沢さんなんかは口を半開きにしたまま目を丸くしている。うちの左門先輩と沙羅先輩も怪訝な顔をしたままだ。

二人の男性がガラガラと、食堂から何かを引きずってきた。「すしネタを折ってみよう！」と書かれた模造紙が貼られた、ホワイトボードだった。

「アワビの皿に、大いなる誤りがあることに、愚かにも、気づかなかったのね」

「魚が、描かれていなかったことですか」

バカにされっぱなしなのが悔しかったのか、鯉住さんが間髪をいれずに言い返した。

「ふふっ。そこまで気づいておきながら謎に辿りつけないなんて。いい？　アワビを漢字に直すの」

漢字？　私は湯飲み茶わんを思い出す。たしか、「鮑」だ。

「そして、そこから魚を抹消する」

魚へんを取る、っていうことか。「包」？

ばさっと、マントを翻す宇仁野さん。彼女の右手は、あるものを握っていた。

今朝配られたちらしずしの「包み紙」だった。

「それを、どうするんだ？」

詰問する鯉住さん。すると宇仁野さんは、包み紙を高々と掲げ、あのフレーズを口にした。

「〝**船を出せ！　さすれば答えは見つからん！**〟」

福崎さんが持ってきた企画書に書いてあったフレーズだ。とっさに、後ろで見守っている福崎さんの顔を見ると、額をハンカチで拭きながら、にんまりしていた。……えっ？

あのフレーズがすでに、ヒントだったっていうこと？

宇仁野さんは、ホワイトボードに貼られた折り紙の図解の中の、「釣り船」を指差した。

そして立ったまま器用に、ちらしずしの包み紙を釣り船の形に折っていった。

「うわっ！」

出来上がった釣り船を見て、あの落ち着いた鯉住さんがのけぞった。

びっしりと羅列されていたすしネタの文字の一部が、船の形に折られたことにより、船べりに沿って、一つのメッセージになっていた！【舟の図参照】

「はまち」「コーン軍艦」「うに」「カボチャてんぷら」「煮はまぐり」「ひらめ」「かずのこ」「あなご」「なす浅漬け」「カルビ」。

——はンにんはひのあすカ。

騒然とする、すし同盟、クイズ研究会。私の腕にも鳥肌が立った。鈴木くんも目を見開いて驚いている。

舟の図

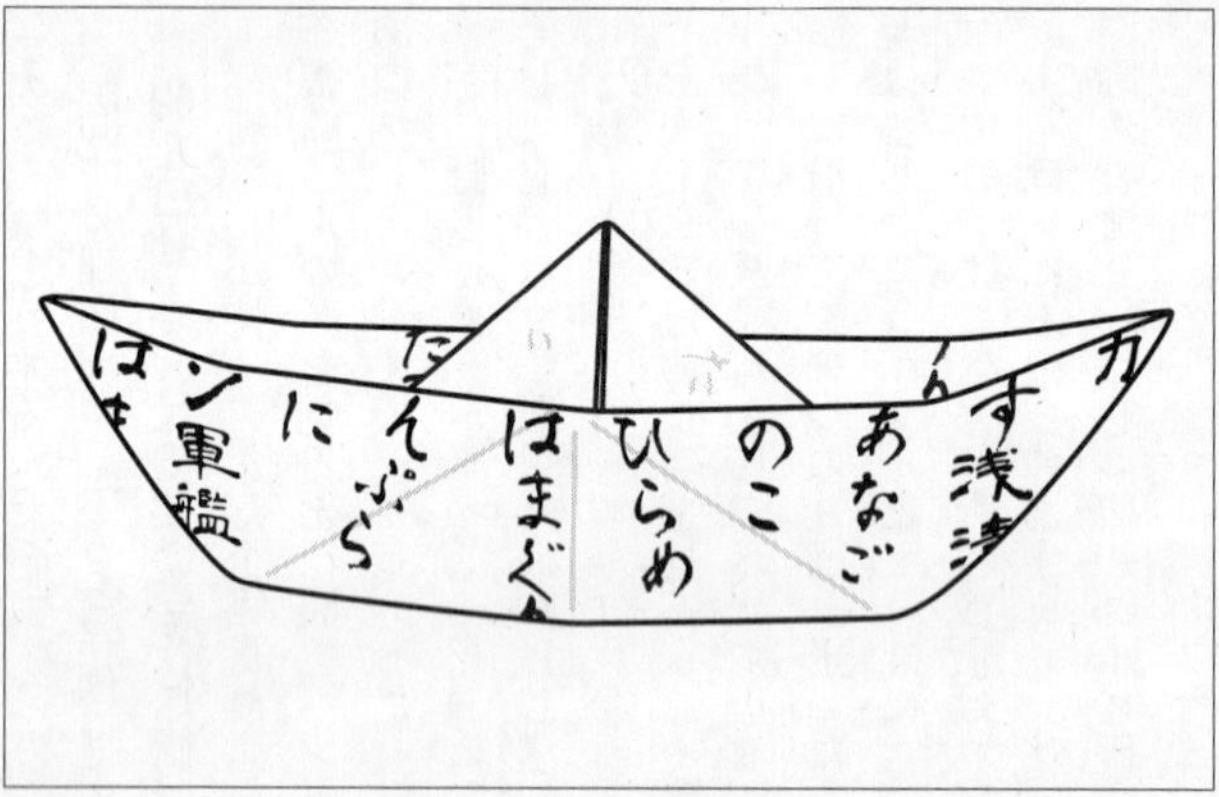

ダジャレですしネタをつないで、ホテル内のあちこちを回らせて、「包み紙」にたどり着かせ、折り紙を折らせて犯人の名前を当てさせる。うん。子どもでも、たどり着ける。まさにファミリー向け謎解き。

これが正解にちがいない。これ以外に考えられない！

「愚かな人間たちよ、ハデスの裁きを受けるがいいわ」

勝ち誇ったように言い放つと、宇仁野ヒロミさんはカラスの羽のマントを閉じ、ゆっくりと腰を下ろした。

「ヨシ、サイゴ、幹館大学ヘンナ建物研究会！」

タイリョウ・ハタノシン、酷だなあ。こんな完ぺきな解答を見せられたあと、推理を披露しろだなんて。

ところが、われらがヘンたて幹事長、左門先輩は意外にも落ち着いていた。鈴木くんは、私と同じように心配そうに見ているけれど。

「はい」

左門先輩は堂々と立ち上がった。そして、それをサポートすべく、沙羅先輩も立ち上がり……長らく体育座りしていたため、ちょっとよろけた。

「我々、幹館大学ヘンな建物研究会はヘンな建物を見ているサークルですので、このホテルの構造を利用した殺人事件だと推理しました」

今回、私と鈴木くんは聞き役だ。

左門先輩が説明する後ろで、沙羅先輩はホワイトボードに貼られた折り紙の図解を剝がし、ペンで三階の見取り図を描いた。何が始まるのかとみんな興味津々。福崎さんですら見入っている。

「まずおかしいと思ったのは、現場である３０８号室の扉に鍵がかけられていなかったことです。ホテルの部屋にいる時、普通は鍵をかけますよね」

みんな、黙ったままだ。きっと誰も、現場の状況のことなんか見向きもしなかったからだろう。

「なぜ現場の鍵は開いていたのか。その理由はこうです。本来は鍵は閉まっていたが、自分が毒を飲まされたと知った社長が、最後の力を振り絞ってドアまでたどり着き、鍵を開けて力尽きた。だから、死体はドアを開けてすぐのところにあったのです」

かすかにどよめきが生まれた。

「どうしてだ。死ぬ間際に鍵を開けるなんて不自然じゃねえか」

すし同盟の飯沢さんが異を唱える。左門先輩は長い髪に手をやりながら、彼のほうを向いた。

「現場が密室だったら、自殺と思われてしまうからですよ」

「え？」

「犯人はきっと、社長を密室で殺して自殺に見せかけたかったのです。死の間際にそれに気づいた社長は、とっさに密室ではなく、誰もが部屋に侵入できる状況を作り、他殺であることを伝えようとしたのです」

左門先輩、なんだかいつもと違う。トマソンにはしゃぐ可愛い感じと、この理知的な推理モードのギャップ。

「じゃあ犯人はどうして、もう一度鍵をかけなかった？」

「社長が死ぬ間際に鍵を開けたことを知らなかったからです。そもそも犯人は、あの部屋に一歩も入らなかったのですから」

ええっ？　一同のどよめきはさっきより大きい。そして左門先輩は追い打ちをかけるように言った。

「犯人は、お茶に毒を入れたのではありません。毒が入っていたのは、エビです」

「それだったら、現場に残ったエビから毒が検出されていないとおかしいでしょう」

今度は、クイズ研究会の鯉住さんが横やりを入れた。

「犯人は二貫あるうちの一貫だけに毒を入れたのです。社長がどっちから食べても、現場に毒入りのエビが残らないように。毒入りのエビが見つかったら、このトリックが見破られてしまうから」

「わかりませんね」

腕を組んで首を振る鯉住さん。

「左門さんは、一体、誰が犯人だと思うのですか？」

「鉄山テルユキさんです」

あまりに自信満々に左門先輩が言い、その後ろで沙羅先輩もうなずいたので、私と鈴木くんを含めた一同は、唖然としてしまった。

「犯人が火野飛鳥であることは、ハデスのお導きによって私が先ほど明らかにしたわ」

宇仁野さんが真っ赤な目を見開く。左門先輩は動じなかった。

「エビに毒が仕込まれていた以上、火野さんに犯行は無理です。彼女は甲殻類アレルギーで、エビに触っただけでかぶれができてしまいますので」

そう言えばそんなことを言ってたっけ……。でも、さっき宇仁野ヒロミさんが披露した完ぺきな解答は？

ふと振り返ると、福崎さんも想定外の展開だったようで、ハンカチで額を拭くのすら忘れている。

「順を追って説明しましょう。鉄山さんは八時にチェックインしたあと、レーン上を流れてくるのり巻きを片っ端から取っていきました。レーンには一九三枚のおすしが流れていましたが、驚くべきことに、一枚ものり巻きが流れていませんでした。誰かが故意にのり巻きを排除したとしか思えません」

「一体、何のために？」

鯉住さんが、私と同じ疑問を沙羅先輩に投げかける。

「火野さんを部屋から遠ざけるため」

突拍子もない発言に、再びみんなはあっけにとられる。すると、沙羅先輩がホワイトボードにペンを走らせながら話を始めた。

「火野さんは八時半にチェックインしました。ニャー社長に話をしようと部屋に行って追い払われ、ムカムカしながら部屋に戻ってきた。とりあえずのり巻きでも、と思ったけれど、一向にレーンにのり巻きが流れてこない。そこで、タッチパネルで注文したのです」

たしかに、火野さんは、のり巻きが全然流れてこないことを怒っていた。

「タッチパネルで注文したお皿は、専門の台に載せられてレーンの上を流されます。レーンを川にたとえると、火野さんの305号室より鉄山さんの301号室は〝上流〟にありますから、火野さんが注文した皿が流れていくのを、鉄山さんは知ることができます。そこで彼は、このパネルを火野さんの注文した皿の脇に置いておいたのです」

沙羅先輩は、どこからか一枚のパネルを取り出した。それは、昨日レーンの上を流れていた、「のり巻き専用醤油」の宣伝パネルだった。

「これで、彼女の目には確実にこの醤油の情報が届きます。のり巻きを愛してやまない彼女がこれに飛びつかないはずはない。一階冷蔵庫にそれがあることを知った火野さんはすぐさま、取りに出かけます。鉄山さんは部屋を出て、彼女が一階に向かうところを廊下の角から確認したのでしょうね」

「それが九時より少し前」

沙羅先輩の説明を、左門先輩が受ける。

「その後、鉄山さんは部屋に戻り、『308号室』のシールが貼られた注文用の台を用意します。これはあらかじめ用意していたものか、もしくは注文しておいて自分の部屋に届けさせた台に『308号室』のシールを貼ったのかはわかりません。とにかく、彼はその台の上に、一貫だけ毒をしこんだエビの皿を載せてレーン上に流し、すぐに308号室に電話をかけます。ニャー社長が出るや、『見た目は従来通りだが、一味違う新しいエビのすしを考案した。今、社長の部屋宛の台に載せてレーンに流したから食べてほしい』などともっともらしいことを言います」

すぐさま、沙羅先輩が、ホワイトボードに描いた見取り図を指しながら説明を継ぐ。

「この間、レーンの上には社長宛の毒入りのエビが流れていきますが、305号室の火野さんは食堂にのり巻き専用醤油を取りに行っているから、そんなものが流れていることに気づかない」

絶妙のコンビネーションだ。私は思わず拳を握る。頑張れ、先輩。

「社長はまんまと自分用に流れてきたエビの皿を取り、一貫目のエビで毒に当たってしまう。すべてを悟った彼女は、ドアの鍵を開けて、息絶える」

「ははははっ」

その時、二人の明快な解説を、不気味な笑い声が遮った。

「愚かな人間たち。あなた方のその推理には穴があるわ」

ばさり。カラスの羽が二枚ほど舞ってブルーシートの上に落ちる。マントを翻しながら立ち上がり、地獄の業火のような真っ赤な目で左門先輩を睨み付けたのは、自称冥界の王ハデスの使者、浦和経済大学ＭｙｓｔｅｒｙＬｏｖｅｒｓの宇仁野ヒロミさんだった。

「あなた方の儚い記憶からは、消えてしまったの？　３０９号室の巻ダイナの存在を。あなたの仮説ではニャー社長はエビの皿だけを取って台はそのままレーンに流しっぱなしだった。『308号室』と書かれた台が流れていくのを巻ダイナが見ていたらどうするつもりだったの？　タッチパネルには注文履歴が残る。社長が注文していないのに台が流れたという証言があったら、たちどころに不審な点が生じるわ！」

高圧的な宇仁野さんの攻撃。だけど、左門先輩は怯まなかった。

「309号室に流れる前に、台を回収する方法があるんですよ」

「何ですって？」

「沙羅」

合図を出された沙羅先輩は、ある一点を指差した。そこは、レーンが事件現場である308号室を抜けた直後のショートカットだった【見取り図2参照】。

「鉄山さんは社長に電話をかけたあと、食堂にのり巻き専用醬油を取りに行った火野さんが部屋に戻ってくるまでの間に、走ってすしラウンジに行ったのです。そしてこのショートカットのボタンを作動させた。ニャー社長の部屋を通り抜けた『308号室』と書かれた台はショートカットによってこちら側のレーンに移ります。つまり、309号室の巻さんに見られる前に回収できるんです。なお、エレベーターからも階段からもこの位置は死角になっているから、戻ってくる火野さんに見られることはありません」

宇仁野さんは、沙羅先輩の説明の前、茫然としていた。そして、結局何も言わずに腰を

見取り図２

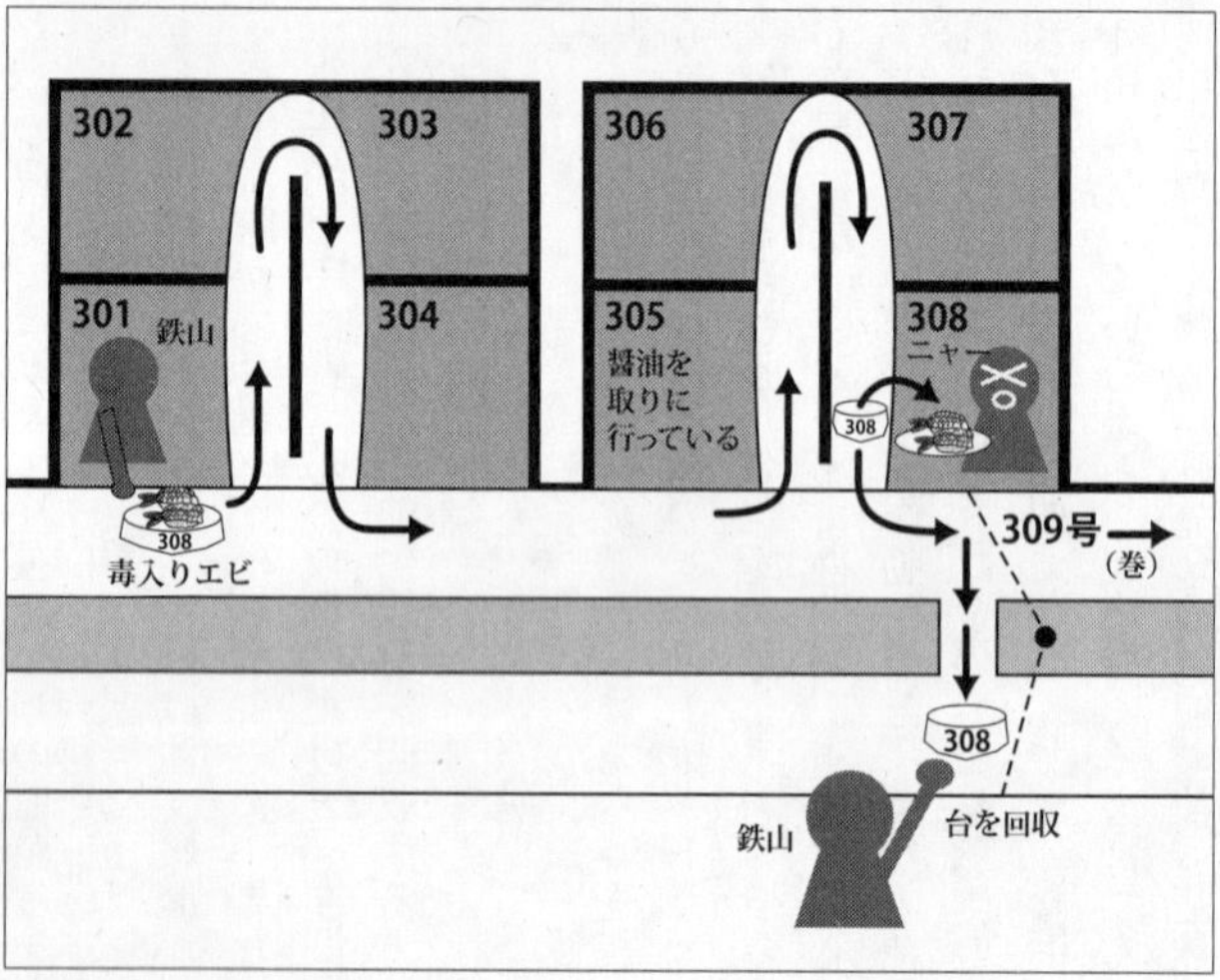

下ろした。私は心の中でガッツポーズをする。

「鉄山さんは本来、朝になってからニャー社長の死体が発見されることを想定していたはずです。ですが、社長自身が死ぬ前に鍵を開けてしまったことにより、九時半に火野さんに死体を発見されてしまった。焦りはしたでしょうが、彼は本来の計画を遂行した。すなわち、死体が発見された後、隙を見て湯飲み茶わんのお茶に毒を混入することです。ひょっとしたら、お茶なんか本当はなかったかもしれない。火野さんがホテルの人を呼びに行っている間に、あたかも初めからそこにあったかのように、鉄山さんが自分で用意し、毒を入れたのかもしれません」

左門先輩は説明を締めくくった。

ふと見ると、鈴木くんが私のほうに手を差し出していた。私は軽くその手にタッチする。ヘンたてらしい、このホテルの「すべての部屋を回転ずしのレーンが流れている」なんていうヘンな建物っぷりを利用した、称賛すべき推理だったと思う。

江戸川むらさきをはじめとする役者さんたちは、この推理合戦の間、ずっとストップモーションのままだ。一体、この大学生たちの好き勝手な推理をどう聞いているのだろう？

もう一度振り返ると、主催者代表の福崎さんは、ようやく額の汗をハンカチで拭きはじめたところだった。

7. ミステリーを、もう一貫

「ううう―」

十時を過ぎてチェックアウトをしても、星加はまだお酒が抜け切れていなかった。なんとか駅までは連れ出して、今は電車が来るまでの、小さな駅の小さな待合室。南房総のぽかぽかした気候が、頬を撫でる。

星加はさっきからずっと私の肩にもたれきったまま、お茶のペットボトルを両手で握り、苦しそうにお酒臭い息を吐き出している。あとは電車に乗って、東京に戻って、部屋に連れて帰ればいいけれど……どうやって？　タクシー？　そんなお金、あるかな。

「やっぱり、車がよかったな」

ベンチにもたれながら、左門先輩がつぶやいた。電車が来るまであと二十分もある。

「私の運転で？」

「いや、それだけはごめんだ」

左門先輩と沙羅先輩は、顔を見合わせて笑った。……このコンビ、さっきの推理が大ハズレに終わったこと、何にも気にしていないみたいだった。私が一人で残念がっていたのが悔やまれる。


左門先輩が推理の披露を終えたあと、タイリョウ・ハタノシンの進行により、長らくストップモーションだった役者陣は「解答篇」を上演した。

犯人は、宇仁野ヒロミさんが言い当てた通り、火野飛鳥さんだった。

例の掛け軸に始まる確執が殺意に変わり、ニャー社長の部屋に押しかけて話している間、隙を見て湯飲み茶わんに毒を入れたのだという。江戸川むらさきが決定的証拠として挙げたのは、テーブルの上にわずかに残されたお醤油のしみだった。ガリヤ警部が県警に頼んで成分分析をしてもらったところ、例ののり巻き専用醤油であることが判明した。

「食堂からのり巻き専用醤油を持ち出したのは火野さん、あなたしかいないんですよ」

勝ち誇る江戸川むらさき。その前で、がっくりとひざを折る、火野飛鳥さん。

「あいつが……憎かったのよっ！」

迫真の演技で手を床に叩きつける。その手に、ガリヤ警部が悲しげな表情を作りながら手錠をかける。

これで終わりだ。

優勝賞品のお食事券二十万円は、当然のごとく、浦和経済大学Ｍｙｓｔｅｒｙ Ｌｏｖｅｒｓのものとなった。

「人間どもよ、自分の愚かさの前に途方に暮れるがよいわ」

宇仁野さんは高圧的に言い放つと、ばさりとカラスのマントを翻し、「悪魔の鐘楼《しょうろう》が別れの慟哭《どうこく》を奏でているわ。冥界の扉が閉まる前に、ハデスのもとへ戻らなければ。次はこの世の終わりに、血まみれの谷で待つわ！」とのセリフを残し、不気味な男子二人とともに軽自動車に乗り込んでさっさと帰って行った。……冥界《さいたま》に。

茅ヶ崎水産大学すし同盟の飯沢さんと、松戸国立大学クイズ研究会の鯉住さんの二人はニコニコしながら、私と鈴木くんに挨拶をしてきた。

「俺の推理もいいところまでいったんだけどな」

「どこがですか。なんですか、サイドを吸って、スーサイドって」

「うるせえわ、鯉住。お前だって、アワビのうんちくまで披露して大ハズレだったじゃねえか」

この二人はだいぶ、仲良くなっていた。

「今度茅ヶ崎に来たら、連絡くれ。うまい寿司屋、連れて行ってやるからよ」

名刺を一方的に押し付けると、飯沢さんは水色ハッピの後輩たちと談笑しながらホテルを出て行った。鯉住さんも一礼し、「またこういうイベントがあったら、お会いしましょう」と手を振って、去って行った。

なんだかんだで、いい人たちだった。みんな、それぞれの大学で、それぞれのキャンパスライフをエンジョイしているんだなあ……私はしばらく余韻に浸っていたけど、

「あっ、伊倉さん！」

鈴木くんの一言で思い出し、グロッキー状態の星加を引っ張り出すために急いで部屋へ向かった。

「お前、運転免許、取ってくれないか？」

左門先輩が鈴木くんの肩を小突きながら言う。

「僕ですか？　ええ、じゃあ、夏休みにでも」

「鈴木くんの運転は真面目そうだから、楽しみね」

沙羅先輩が微笑んだ、その時だった。

「ああ、よかった、間に合った」

待合室の入り口で、ひょっこり顔を覗かせていたのは、タイリョウフーズの福崎さんだ。ワイシャツを肘までまくり、額にも頬にも、汗をびっしょりと浮かべている。

「このたびは、わたくしども、タイリョウフーズの企画にご参加いただきまして、ありがとうございます」

左門先輩、沙羅先輩、鈴木くんが立ち上がってお辞儀をする。私は星加がもたれかかっているから、座ったまま頭を下げた。

「アンケートのほう、後日メールにて送らせていただきますので、ご回答いただけますでしょうか？」

「ああ、はい」

左門先輩がもう一度頭を下げた。

「それから」

ようやくポケットからハンカチを引っ張り出し、汗を拭きながら福崎さんは続けた。

「左門さんと縁側さんの推理なのですが、……実は、劇団の作家がはじめに書いてよこした脚本では、あの解答が正解だったのです」

えっ？

「レーンにのり巻きのサンプルが載っていなかったのもそのせいです」

「やっぱり」

左門先輩は、別に驚いた様子もなく笑っている。

「ですが」

と、福崎さんは少し、大人の目になった。

「この企画はファミリー向けです。子どもさんでもわかるようなヒントの提示と、それに絡めて、今まであまり知られていなかったさすらい大漁旗のメニューについて知ってもらう機会を作ることがコンセプトとなっております。動機や殺害方法が稚拙であっても、決め手となる証拠の後づけ感がひどくても、家族で楽しめることのほうが大事なのです。そういうわけで、『自分たちのほうが優れている』などと怒らないでいただきたいのです」

「怒るなんて、とんでもない」

左門先輩は両手を出して振った。

「俺たちは満足です。言い方は悪いかもしれないですが、あんなヘンな建物に泊まれて、俺たちなりの答えを出せたわけですから」

「そうですか。じゃあ、よかった」

福崎さんはにこやかな表情に戻った。

「ですが一つだけ、聞かせてください」

左門先輩の、ジョン・レノン風丸メガネがキラリと光った。福崎さんは身構える。

「なんでしょう」

左門先輩は少し沈黙したあと、こう尋ねた。

「『ファミリー向けの殺人事件』なんて、果たしてあるんでしょうか?」

隣で聞いていた沙羅先輩が、不敵な笑みを唇に浮かべた。

福崎さんは少し考えていたが、頬に流れる汗をぬぐい、首をすくめてみせた。

「高級料理であるすしを、庶民のみなさまに気軽に安く提供するのが、回転ずしの使命であり、美徳であり、そして挑戦でもあるのです」

「なるほど」

「それが、わたくしどもがこのイベントを行なおうとする、一つの理由でもあるのです。殺人事件を解決するなんてエキサイティングな体験、普通に日常を生きていたらまず、できないことでしょう?」

左門先輩と福崎さんはしばらく、穏やかなにらみ合いをしていた。そこには、私には理解できない、何かしらのポリシーのせめぎ合いがあるみたいだった。

「これからも、タイリョウフーズならびに、『さすらい大漁旗』をよろしくお願いします」

福崎さんはゆっくりと頭を下げた。

左門先輩はなぜか私のほうを振り向いて微笑んだ。どこか寂しげでもあり、そしてどこか爽やかでもある笑顔だった。

明日へのエピローグ　名画はトマソンと共に

　大学近くの道端の縁石に座って、私はまた一人、泣いている。時間帯はかなり遅く、街灯が光っている。人影はない。

　道路を挟んで向こう側には、もう営業時間をとっくに終えたオシャレな喫茶店があった。四月に、私が左門先輩に初めて出会ったあの店だ。

　どうしてここに座り込んでしまったのか、私にもわからない。なんていうか、私にとってヘンたての原点とも言える場所に来たかったからかもしれない。

　……二か月。たった二か月だ。

　私はヘンたての一員になれて、思い出を作って、そして、何かを壊そうとしている。

　――ごめんね。

さっき自分が発したばかりの言葉が、頭の中にまたよみがえった。

——私、やっぱり、鈴木くんとは付き合えない。

涙が溢れて止まらない。こんな泣き虫な性格、本当に嫌だけれど。涙はアスファルトに落ちていく。


私と鈴木くんは、南房総から東京に帰ってきてもまだ苦しそうにしている星加を連れて、アパートに送り届けた。星加はすぐにベッドに倒れこんで眠ってしまった。

「ちょっと、話、しようか」

「うん」

鈴木くんの提案で、私たち二人はなんとなく帰るのがはばかられて、そのまま星加の部屋で、二人で、話をしていた。

ミステリーグランプリの感想から始まって、今度、茅ヶ崎に行こうかとか、浦和経済大学のＭｙｓｔｅｒｙ Ｌｏｖｅｒｓの普段の活動はどんなのだろうかとか、そのうち、全然関係のない本格カレーの話や、星加のギターの話、お互いの高校時代の話。

鈴木くんと話しているのは、本当に落ち着く。私たちは取り留めもないことを、暗くなっているのも気づかないくらいに話した。……ただ一つの話題を除いて。

星加が目を覚ましたのは八時過ぎだった。

「うわ！　サイアク！」

開口一番そう言ってベッドから飛び起きると、ちょっとよろけたけれどお酒はもう抜けていて、

「今日バイトなんだった。うわー、やっちゃったやっちゃった！　もうむりー。時間的にむりー」

と騒ぎまくったかと思うと、鏡を覗き込み、

「うわ、サイアク！　髪の毛ぐじゃぐじゃじゃん。ってか、昨日お風呂入ってないし。キング・オブ・サイアクじゃん。ゴールデンラズベリー賞確実だし。ってか、二人とも、起こしてよ！」

結局星加は、そのあと「サイアク」を百連発ぐらいして、私たちを部屋から追い出した。

「鈴木くん、亜可美のこと、頼む！」

急に夜の闇の中に放り出された私と鈴木くんは、仕方なく駅に向かって歩き出した。私は口数が急激に少なくなったことを、自覚していた。長らく鈴木くんと一緒にいて話をしていて、二人でどこかに遊びに行きたいとか、付き合ってみたいとかいう気持ちは膨らんでいたけれど、星加の「鈴木くん、亜可美のこと、頼む！」の一言が心をチクチクと突き刺していた。やっぱり、私は星加のことを裏切れない。

駅までもう少し、というところで私は足を止め、鈴木くんに告げた。

「ごめんね」

鈴木くんは不思議そうな顔をしていた。

「私、やっぱり、鈴木くんとは付き合えない」

突然こんなことを言われて、どうしたんだろうと思ったにちがいない。私はそれ以上鈴木くんの顔を見ることができなくて、逃げるように大学方面に走った。鈴木くんは、追いかけてこなかった。

何かが壊れようとしていた。

アスファルトに落ちていく涙。拭っても拭っても、溢れてくる涙。

私、こんな泣き虫な自分を認めてくれた鈴木くんを……今、一番好きな人を……。

その時、たたん、たたんと音がして、目の前でバイクが停まった。

なんなの？

「やっぽ」

聞き覚えのある声に、私は顔を上げた。ヘルメットを脱ぎ、長い髪をぶるんぶるんとなびかせるその姿。

「やっぱり、亜可美ちゃんじゃん」

「あ、上梨田先輩……」

「いやいや、聞いてくれよ、シューカツセミナーがさあ、……あれ？　えっ？」

上梨田先輩は私のほうに、ぐっと顔を近づけた。

「泣いてんの？」

もう、よりによって、こんな時に。サイアクだ。

「ほっといてください」

「大事な後輩が泣いてるのに、ほっとけないっつーの。何、財布落とした？」

上梨田先輩はバイクを降りて、私の横に勝手に腰かけた。

「違いますよ」

「じゃあ、外反母趾が痛いとか。大学デビューした女の子に多いんだよなあ」

「違います」

「じゃあ、どうしても見たい番組、録画できてなかったとか？」

バカバカしくなって、ぶんぶん首を振る。

「ひょっとして、フラれたのか？」

「なんでそれが、外反母趾や録画よりあとなんですか！」

一応、突っかかっておいてから、涙を拭く。そして、言ってしまえと思った。

「その逆ですよ」

左門先輩や沙羅先輩よりも、遠い距離感がよかったのかもしれない。この、何でも軽く受け流してくれそうな感じなのがよかったのかもしれない。

とにかく私は、上梨田先輩に、星加のことと鈴木くんのことを全部ぶちまけてしまった。不思議と、もう涙は出なかった。

上梨田先輩は、何も口を挟まずに時折うなずきながら聞いてくれた。

「……私たち、せっかく一年生三人でいい関係を築けたと思ったのに、私の態度のせいで壊しちゃったみたいで……」

すると先輩はニヤリと意地悪く笑い、

「亜可美ちゃん、しっかり、大学生しちゃってるじゃーん」

ひじで小突いてきた。やっぱり、チャラいなこの人。

「他人事だからって」

「当たり前だろ。他人事だから楽しいの」

「もう！」

……やっぱり、話すんじゃなかった。

「五年前になるかな」

上梨田先輩はしばらくひっひっひと笑っていたけれど、急に話し出した。

「当時のヘンたてのメンバー五人で、愛知のヘンたてに遠征に行ったんだ」

何の話？

上梨田先輩は鰺村先輩のにも負けないくらい古臭いケータイを取り出し、操作した。

「なんでも戦国時代から続く古い寺だってんで、行ってみたらびっくりだよ。おんぼろの本堂と、その脇に苔だらけの岩のしっぶい庭園と池があるわけ。だけどすぐ背後によ……ほら、見てみ」

私は不思議に思いながら、ケータイの画面を覗き込む。

「えっ⁉」

まだ若い上梨田先輩と、当時の仲間たち。その後ろに、たしかに古い木造のお寺が写っているのだけど、左半分が、近代的なマンションになっている。

「脇から見たアングルだよ。あたかもそこに初めからあったマンションに古い寺のほうが勢いよく突っ込んでるみたいだろ？」

言い得て妙だ。たしかに、マンションにお寺がずずん！と突っ込んできたみたい。

「なんで、こんなふうになってるんですか？」

「それがさ、台風で大きな電柱が飛ばされてきて、本堂の後ろ部分がめちゃくちゃに壊されちまったみたいだぜ。改修費用がなくて困っていたら、親戚筋に建築会社の社長がいて、共同所有って形でマンションを建てないかっていう話になったんだそうだ。で、思い切って壊れた後ろ部分は全撤去、土地はそのままマンションにしちまって、助かった部分の建物にくっつけるっていう、まあ、大胆な発想だよな。このミスマッチはなんていうか、すさまじいって言うか……でも、長い歴史を持つ寺がこだわりを捨てて、それでも現代建築にはただでは負けてやらんぞ、っていう気概が見えて、なんか爽快でさ、みんな感動で笑っちゃったんだよね」

……うん。感動で笑っちゃう。失礼かもしれないけど、これはそんな光景だ。少なくとも私たち「ヘンたて」のメンバーにとっては。

「亜可美ちゃんの話聞いて、俺、この寺のこと、思い出したわけ」

「え？」

「伝統ってのはもちろん大事だ。だけど、壊れるものは、無理して守ろうとしないで壊しちゃうのも手なんじゃないかって」

建物のこと？　それとも、鈴木くんと星加と私のこと？

「前向きな気持ちがあれば、そこからきっとまた、新しい何かを造り出せるはずなんだ。それがどうしようもなくヘンな形になったとしても、そのヘンな形、丸ごと愛してやろうじゃん。それが、俺たち、『ヘンたて』の使命っしょ！」

親指を立てる上梨田先輩。……せっかく落ち着いたのに、また涙が出そうになった。

「人を好きになることなんて、一生にそうそうあることじゃないんだから、伝えていったほうがいいと思うぜ」

私はうなずいた。

うまくできるかわからないけど、やっぱり言おう。鈴木くんに。私も好きだって。

星加に上手く伝えられるかわからないけれど、私が抱いた、嘘偽りのない気持ちなんだから、私が責任を取らなきゃ。……それに私には、こんなに優しい先輩がついている。

上梨田先輩はバイクの座席をあけて、ヘルメットを取り出し、私の頭に載せた。

「後ろ、乗りな」

私は涙を拭って立ち上がり、言われた通り、上梨田先輩の後ろにまたがる。

たたん、たたん、と、あまりカッコいいとは言えない音をたてて、バイクは走り出した。

★

その夜、夢を見た。

上梨田先輩の運転する「ベスパ」とかいう名前の可愛いバイクの後ろに乗って、私はローマの街を走っているのだった。

ローマって言っても、コロッセオも、真実の口も、トレビの泉も、なんとかジェロ城も見当たらない。その代わりに私の目に飛び込んでくるのは、窓もないのに庇がある壁や、壁もないのにひっそりと残されたドア、階段もないのに三階の位置に設置されている外扉、壁から突き出た用途不明の突起……。見事なトマソンたちだった。ローマは、トマソンだらけの街だった。

って、ここは本当にローマなの？　ローマって、こんなに……。

そう思うと同時に、私の中の別の声がこう告げる。ローマです、もちろんローマです。

「おい、前を見てみな」

煮え切らない自問をしていたら、上梨田先輩が言った。

そこには教会があって、みんなが手を振っていた。左門先輩、沙羅先輩、鰺村先輩、星加、鈴木くん。そして、まだ会ったことのないはずの先輩たち。笑顔で私を迎えてくれている。

「みんな、いますね」

「違うよ、そうじゃなくて、後ろの建物！」

「え？」

言われた通り、建物を見た。そして私は目を見張る。

その教会は、普通じゃなかった。

そんな。こんな建物が……？

そうか。次のターゲットはこれなんだ。みんなで中を見て回って、あれこれ意見を言い合うんだ。

私は大きく息を吸い込んだ。そして、近づいてくるその教会に向かって、愛すべき仲間たちとすごす、かけがえのない新たなるサークル生活に向かって、ありったけの声を張り上げた。

「ヘンな建物っ！」

これは、幹館大学というフツーの私立大学で私が出会った、ヘンな人たちとヘンな建物を見に行くという、ヘンなサークルの話。

私を含めた恋と友情と、さらなるヘンな建物の話は、また別のドアの向こうに。

本書は書き下ろし作品です。

著者略歴　1980年千葉県生，作家　著書『浜村渚の計算ノート』『判決はＣＭのあとで』『雨乞い部っ！』『希土類少女』他多数

HM=Hayakawa Mystery
SF=Science Fiction
JA=Japanese Author
NV=Novel
NF=Nonfiction
FT=Fantasy

ヘンたて

幹館《みきだて》大学ヘンな建物研究会

〈JA1071〉

二〇一二年六月二十五日　発行
二〇一二年十二月二十五日　二刷

（定価はカバーに表示してあります）

著者　青《あお》柳《やぎ》碧《あい》人《と》
発行者　早川浩
印刷者　大柴正明
発行所　株式会社早川書房

郵便番号　一〇一-〇〇四六
東京都千代田区神田多町二ノ二
電話　〇三-三二五二-三一一一（大代表）
振替　〇〇一六〇-三-四七七九九
http://www.hayakawa-online.co.jp

乱丁・落丁本は小社制作部宛お送り下さい。
送料小社負担にてお取りかえいたします。

印刷・株式会社亨有堂印刷所　製本・株式会社フォーネット社

ISBN978-4-15-031071-4 C0193

本書は活字が大きく読みやすい〈トールサイズ〉です。